D1180333

15 ENQUÊTES POLICIÈRES

15
ENQUÊTES
POLICIÈRES

Illustrations de Carmen BATET
et Georges PICHARD

GAUTIER-LANGUEREAU

Les histoires de ce volume ont été publiées avec l'autorisation des éditeurs suivants, auxquels nous adressons nos remerciements :

HACHETTE pour *Le fétu de paille* et *Le signe de l'ombre* de Maurice Leblanc. ROBERT LAFFONT pour *Les Cinq pépins d'orange* et *Une affaire d'identité* de sir Arthur Conan Doyle.

Le pesant d'or

En gare de Bâle, l'inspecteur Dupuis, œil clair et vif, l'allure sportive, descendit lestement du train alors que celui-ci roulait encore. Il se hâta vers le passage souterrain et, cherchant la sortie, il marqua une hésitation devant les panneaux rédigés en allemand.

— Monsieur Dupuis ? Bienvenue en Suisse.

Une voix cordiale, un visage ouvert, une franche poignée de main.

— Vous me conduisez au docteur Ruden ? demanda Dupuis.

L'autre éclata de rire :

— Je suis le docteur Ruden.

Dupuis le dévisagea avec surprise. Ce garçon jeune, décontracté, était donc l'as de la police suisse, dont la réputation avait franchi la frontière ?

— Je vous prie de m'excuser, docteur, je ne vous imaginais pas ainsi.

— J'ai l'habitude... Passez-moi votre valise ; mais si !... nous la laisserons à la consigne.

— Vous êtes vraiment docteur ? s'enquit Dupuis.

A nouveau Ruden éclata de rire :

— Docteur ès sciences. J'ai un diplôme de criminologie.

— Moi aussi.

— Alors, vous êtes autant docteur que moi.

La glace était rompue. Dupuis suivit son compagnon, qui marchait d'un pas décidé. Longeant les quais, ils se dirigeaient vers d'importants bâtiments qui jouxtaient la gare.

— Nous allons au dépôt des wagons en transit, expliqua Ruden.

En réalité, l'affaire venait de Paris et tout avait commencé par une enquête de la section financière. Depuis quelques mois, des lingots d'or étaient apparus sur le marché français, à la plus grande surprise des initiés. En raison d'une particularité du poinçon de garantie qui figure sur chaque lingot, ceux-ci avaient pu être identifiés. Il s'agissait d'une réserve de la Banque de France, cachée en province au moment de la dernière guerre et découverte par les occupants. Ceux-ci s'étaient emparés de cet or et personne n'en avait plus entendu parler. Celui qui essayait aujourd'hui de le monnayer devait penser sans doute que le temps écoulé ne permettrait plus de retrouver son origine.

L'enquête s'était orientée vers la Suisse, refuge de toutes sortes de capitaux au sortir de la guerre. La police suisse, alertée, avait chargé le docteur Ruden des recherches sur son territoire.

— Le seul moyen de mettre la main sur les trafiquants, fit l'inspecteur suisse, c'est d'arrêter le « passeur », celui qui transporte les lingots de Suisse en France.

— C'est le travail de la douane, remarqua Dupuis.

— Oui, je sais, et croyez bien qu'ils s'y emploient... Malheureusement, les deux inspecteurs des douanes sont actuellement empêchés d'agir. Ils se sont aperçus, en contrôlant les identités de certains suspects, qu'ils étaient tous deux repérés. Nous avons donc été bien obligés de recourir à quelqu'un que les trafiquants ne connaissent pas. C'est pourquoi la police française vous a chargé de l'affaire.

— Vous avez des indices ?

— J'ai un dossier ; voilà trois mois que je suis cette affaire avec mon équipe. La douane surveille attentivement tous les véhicules franchissant la frontière. Je ne vous apprendrai pas à quel point les contrebandiers sont habiles dans l'art de truquer une voiture. Nous jouons ici un perpétuel jeu de cache-cache et l'imagination des fraudeurs est sans limites. Nous avons vu jusqu'à des pare-chocs en or... Hélas ! la douane est formelle : aucune quantité d'or importante n'a pu passer ces temps-ci à bord de véhicules maquillés.

— Alors ? interrogea Dupuis.

— Alors nous avons découvert Dorpfer. Un cheminot employé à la gare de Bâle sous le nom de Wurmser... Casier judiciaire éloquent : vol à la tire, contrebande, faux et usage de faux... Un minable, mais grâce à lui nous pouvons espérer remonter la filière en amont et en aval.

— En amont et en aval ?

— En amont, vers la source, c'est l'affaire de la police suisse ; en aval, c'est à vous de découvrir où s'écoulent les lingots.

— Vous êtes sûr que Dorpfer est dans le coup ?

— Je ne suis sûr de rien, nous avons simplement trouvé son comportement bizarre. Et puis, vous connaissez beaucoup de personnes qui changent de nom pour travailler à l'entretien des wagons ?

Ils arrivèrent sur une plate-forme métallique qui dominait les voies.

Ruden reprit la parole :

— Lorsque nous avons envisagé d'autres hypothèses que le trafic routier, je suis venu ici pour
chercher un fil conducteur. Bien sûr, il y a l'avion,
ou encore les bateaux qui remontent le Rhin.
Mais le trafic ferroviaire était l'hypothèse la plus
probable. J'ai eu l'idée de vérifier les identités
du personnel travaillant ici et c'est de cette façon
que nous avons découvert Dorpfer...

— Et en quoi le comportement de Dorpfer est-il
bizarre ?

— Il est bizarre en ce sens que l'homme a
disparu... Son contremaître m'a aussi appris qu'il
demandait à faire des heures supplémentaires
une fois par mois en fin de semaine... Ça vous
paraît normal ?

— Non, bien sûr... Vous croyez donc que c'est
Dorpfer qui aurait pu cacher des lingots d'or
dans les wagons ?

— Dessous, dessus, dedans, je n'en sais rien ;
il a disparu. La vérification d'identité a dû lui
mettre la puce à l'oreille ; depuis, il est introu-
vable. Nous avons fouillé le wagon où il travaillait : rien.

— Avait-il une raison particulière de s'intéresser à ce wagon ?

— Aucune si ce n'est que nous sommes à la
fin du mois et que ce wagon fait partie du convoi
qui part de Bâle vers Paris à quinze heures quarante.

Les deux hommes se tinrent un moment absor-
bés par leurs réflexions. Une énorme locomotive
glissait lentement sous leurs yeux. Ruden reprit :

— Vous avez de la chance, c'est un wagon de
première classe.

— Vous voulez dire que je rentre à Paris ?

— Que voulez-vous faire d'autre? La solution est dans ce wagon... peut-être. Vous seul pouvez tenter de percer cette énigme avant l'arrivée à Paris... Tenez, je vous ai préparé quelques photos de suspects. Prenez-les, examinez-les soigneusement, ouvrez l'œil, et si l'un des fraudeurs fait partie du voyage vous aurez sur lui l'avantage d'être inconnu. Dites-vous qu'à un second voyage vous seriez immanquablement repéré... Mon cher Dupuis, je vous souhaite un bon retour !

*
* *

Les formalités douanières étaient terminées. Dupuis fumait, debout dans le couloir. Le train allait bientôt partir et aucun des voyageurs ne correspondait aux photos qu'il avait en poche. Après tout, les éléments sur lesquels se fondait le policier suisse étaient bien minces.

Soudain un retardataire arriva en courant et hissa avec vigueur son grand corps musclé dans le compartiment. C'était un garçon bronzé, portant un large blouson, au dos un sac de montagne imposant. Dupuis s'effaça contre la cloison pour le laisser entrer ; l'homme s'installa. Le train s'ébranlait doucement et Dupuis vint s'asseoir en face de l'athlète, qui lui fit un large sourire et lui adressa quelques mots en allemand. Dupuis fit signe qu'il ne comprenait pas et décida de jeter un coup d'œil dans les autres compartiments. Il passa un bon moment à observer les autres voyageurs.

Cette enquête tournait à l'obsession. Dupuis voyait des fraudeurs partout ; il ne cessait de feuilleter subrepticement les quelques clichés que lui avait remis Ruden. A force de considérer ces photos, il les prenait en grippe. Par acquit de conscience, il parcourut le train en entier et, revenant à son compartiment, il y découvrit un nouveau venu. L'homme, absorbé par un magazine, baissait la tête. Lorsqu'il la releva, Dupuis resta un instant interdit, puis, se ressaisissant, il s'éloigna jusqu'aux toilettes où il s'enferma. Plus de doute, le nouveau venu du compartiment s'appelait Pedro Moralès, nationalité espagnole, né en 1926, trois fois condamné pour vol, escroquerie : la photo était sous ses yeux.

Dupuis se félicita de sa chance. Puis, s'étant composé un visage indifférent, il réintégra sa place naturellement, fit un grand sourire à l'Allemand blond et sortit un livre de sa valise. Trois secondes plus tard, Dupuis lisait réellement et ne se préoccupait plus de rien. Un quart d'heure après, il releva la tête et vit l'athlète endormi, la bouche ouverte. Moralès, lui, le nez contre la vitre, regardait défiler le beau paysage vosgien. Dupuis revoyait par la pensée le signalement de l'Espagnol : taille, 1,64 m, teint mat, cheveux noirs, yeux foncés..., tout concordait, jusqu'à l'énorme valise de cuir jaune dans le filet au-dessus de lui.

Au fur et à mesure que le temps passait, le soleil baissait à l'horizon. Le plateau de Langres remplaçait les contreforts des Vosges... Le contrôleur passa, puis un garçon agitant une sonnette annonça le premier service.

Moralès quitta le compartiment et se rendit au wagon-restaurant, suivi à distance par Dupuis qui se restaura à quelques tables de l'Espagnol. Son repas terminé, l'inspecteur perdit du temps, car le préposé à l'encaissement suivait l'ordre des tables. Furieux, Dupuis régla et se rua vers son compartiment. Comme il débouchait à l'extrémité du couloir, il vit Moralès, sa grosse valise à la main, disparaître dans les toilettes. L'inspecteur attendit sans bouger. Vingt minutes plus tard, Moralès regagna sa place, portant sa valise avec difficulté. Elle semblait être devenue subitement très lourde. A l'instant où il allait pénétrer dans le compartiment, l'Espagnol aperçut Dupuis et, comme se ravisant, il alla s'asseoir sur sa valise dans le couloir. La nuit était complètement tombée.

De sa place, l'inspecteur pouvait voir Moralès, fumant paisiblement. Il regardait sa montre et Dupuis consultait également la sienne. L'inspecteur n'osait y croire. C'était ridicule de facilité. Ses collègues l'attendaient à Paris et il n'aurait qu'à désigner l'Espagnol et sa valise. Le coup était admirablement monté : le dénommé Dorpfer cachait l'or derrière une paroi des toilettes du wagon, Moralès s'enfermait dans le réduit avec sa valise, dévissait la paroi et récupérait les lingots. Voilà pourquoi il y était demeuré si longtemps.

Et pourtant chaque tour de roue qui le rapprochait de la capitale atténuait l'euphorie de l'inspecteur Dupuis. Une appréhension l'envahissait : et s'il s'était trompé ? Comment une bande aussi organisée pouvait-elle se découvrir ainsi ? Comment un escroc aussi expérimenté que Moralès pouvait-il rester assis sur sa valise ? Parbleu ! la valise était maintenant trop lourde pour que le petit Espagnol puisse la replacer dans le filet... Comment n'y avait-il pas pensé plus tôt?

Dupuis sourit d'aise : allons ! il ne s'était pas trompé, il allait faire cesser ce trafic. L'athlète bronzé lui rendit son sourire. La banlieue piquetait la nuit de ses multiples lumières et déjà le mécanicien du train actionnait les freins. Le jeune homme blond se leva, s'étira, descendit son sac. On arrivait gare de l'Est.

Moralès descendit le premier. Il marchait à petits pas pressés, tirant sa grosse valise de cuir jaune en se déhanchant. A deux reprises il la posa pour changer de main. Dupuis, qui le suivait comme son ombre, sentit un bras se poser sur le sien. Perroux, son chef de brigade, et Subiaux, de la section financière, étaient près de lui. L'inspecteur désigna Moralès :

— Pedro Moralès... On a gagné, la valise est pleine de lingots.

Subiaux murmura :

— Moralès, une vieille connaissance.

— Attention, intervint Perroux, pas de fausse manœuvre... On va le coincer avant le portillon...

Les trois hommes opérèrent un mouvement tournant et se présentèrent de front devant l'Espagnol, qui les dévisagea d'un air étonné.

— Suis-nous, Moralès, grinça Perroux à voix basse en exhibant sa carte de police.

— Vous m'arrêtez ?

— Suis-nous au commissariat de la gare... Compris ?

— C'est oune error ! yé vo des excouses ! fit le petit Espagnol en gesticulant.

Il fut emmené promptement dans les locaux de la police et poussa les hauts cris quand Subiaux fit sauter les verrous de la valise. Le policier de la section financière fouilla rapidement parmi le linge et les livres empilés à l'intérieur... Rien... Pas un atome d'or ; encore moins un lingot. Moralès, hilare, regardait les trois hommes.

— Rien, gronda Perroux. Dupuis, qu'est-ce que ça veut dire, ce cinéma ?

— Il est resté enfermé vingt minutes dans les toilettes, chef, plaida Dupuis.

— Z'avais oun embarras gastrique, expliqua l'Espagnol.

— J' t'en ficherai des embarras gastriques, maugréa Perroux... Il s'est payé votre tête, Dupuis... Il vous a amusé pendant qu'un autre faisait le travail...

— Le montagnard ! s'exclama Dupuis.

— Quel montagnard? interrogèrent en même temps Perroux et Subiaux.

— Celui qui était assis en face de moi... Et il me faisait des sourires en plus !... Ah! l'affreux! Vite, il ne peut pas être loin.

Dupuis se rua hors du commissariat, suivi comme son ombre par Perroux et Subiaux. Le lent cheminement des voyageurs formait un obstacle exaspérant. Jouant des coudes, piétinant, contournant des chariots de bagages, les trois hommes se rapprochaient de la sortie. Dupuis, tout en courant, imaginait la scène qui maintenant lui apparaissait clairement. Pendant que Moralès dînait au wagon-restaurant surveillé par Dupuis, son complice allait tranquillement à la cachette et remplissait son sac. Puis Moralès jouait sa petite comédie de la valise plus lourde et le tour était joué... Il fallait absolument rattraper l'autre.

Hors d'haleine, les trois policiers arrivèrent sur le terre-plein et Dupuis chercha l'athlète dont il avait fait un montagnard... Hélas ! ils arrivaient trop tard, l'oiseau s'était envolé et Moralès ne parlerait sûrement pas ; il s'en tiendrait à sa version qui était inattaquable. Les trois hommes se regardèrent, effondrés. Il s'en était fallu de si peu !... Tête basse, Dupuis se préparait à réintégrer le commissariat de la gare quand il aperçut les deux pieds chaussés de cuir de son montagnard. Il pinça le bras de son chef et tous trois emboîtèrent le pas à l'athlète. Soudain, s'approchant de l'homme, Dupuis, pris d'une subite inspiration, s'écria :

— Dorpfer ?

— *Ja*, fit l'homme en se retournant.

Il aperçut Dupuis et il esquissa une grimace qu'il transforma illico en sourire.

— Fini de sourire, Dorpfer ! Police ! suis-nous.

— *Wast ist das ?* reprit Dorpfer, toujours souriant.

— Ouvrir sac ! hurla Dupuis en colère, qui parlait petit-nègre, croyant mieux se faire comprendre.

Subiaux, qui avait été prisonnier pendant la dernière guerre, connaissait quelques rudiments d'allemand et ordonna à Dorpfer d'ouvrir son sac. Calmement, l'athlète s'en débarrassa et le posa aux pieds de Dupuis qui entreprit fébrilement d'en dénouer les sangles. L'inspecteur se pencha, ses mains tremblaient d'impatience. Catastrophe ! le sac ne contenait que des effets personnels... Désemparé, hésitant entre la fureur et les larmes, l'inspecteur Dupuis bredouilla :

— Je vous prie d'accepter mes excuses, monsieur, c'est un malentendu...

Subiaux traduisit et Dorpfer s'éloigna à pas lents tandis que Perroux réduisait son chapeau à l'état de bouillie...

— Deux fois ! on vient d'être joué deux fois de suite ! Dupuis, je vais être obligé de faire un rapport et je vous garantis que la « financière » ne s'en tiendra pas là... Vous allez vous retrouver à la circulation, mon vieux, ça ne fait pas un pli !

Humilié, Dupuis tourna la tête et regarda s'éloigner Dorpfer. L'athlète traversait l'esplanade vers la station de taxis ; il se retourna et sourit en faisant aux Français un geste amical de la main.

Dupuis cherchait toujours la solution... Il était sûr d'avoir déjoué la combinaison des deux compères. Alors, où était passé l'or ?... Il revit l'athlète blond et bronzé courir sur le quai de la gare de Bâle pour ne pas rater son train... Soudain il se frappa le front :

— Ça y est, j'ai compris. Vite, chef..., le taxi de Dorpfer !

En effet, Dorpfer avait maintenant pris place dans un taxi qui s'éloignait en se frayant péniblement un chemin dans les encombrements. Les trois policiers en prirent un autre d'assaut et Perroux, exhibant une nouvelle fois sa carte de police, enjoignit au chauffeur médusé de suivre le véhicule qui s'éloignait.

— J'aime autant vous dire, Dupuis, que vous n'avez plus intérêt à vous tromper.

— Je suis sûr de moi, chef.

Les deux taxis s'arrêtèrent devant un petit hôtel de la rue de Douai et Dorpfer marqua un temps de surprise quand il reconnut les policiers qui l'avaient appréhendé à la gare de l'Est.

— Monsieur Dorpfer, vous avez bien failli réussir, fit Dupuis, alors que Subiaux traduisait au fur et à mesure. Seulement, si votre sac est vide, c'est votre démarche qui s'est alourdie... Voulez-vous remonter votre blouson, s'il vous plaît ?

Dorpfer ne pouvait que s'exécuter, ce qu'il fit,

et les policiers découvrirent dix lingots d'or dans une ceinture.

Un homme précieux, ce Dorpfer, et qui valait vraiment son pesant d'or !

Philippe DERREZ et Serge PETROF.

Le fétu de paille

Ce jour-là, vers quatre heures, comme le soir approchait, maître Goussot s'en revint de la chasse avec ses quatre fils. C'étaient de rudes hommes, tous les cinq, hauts sur jambes, le torse puissant, le visage tanné par le soleil et par le grand air. Et tous les cinq exhibaient, plantée sur une encolure énorme, la même petite tête au front bas, aux lèvres minces, au nez recourbé comme un bec d'oiseau, à l'expression dure et peu sympathique. On les craignait, autour d'eux. Ils étaient âpres au gain, retors et d'assez mauvaise foi.

Arrivé devant le vieux rempart qui entoure le domaine d'Héberville, maître Goussot ouvrit une porte étroite et massive, dont il remit, lorsque ses fils eurent passé, la lourde clef dans sa poche. Et il marcha derrière eux, le long du chemin qui traverse les vergers. De place en place il y avait de grands arbres dépouillés par l'automne et des groupes de sapins, vestiges de l'ancien parc où s'étend aujourd'hui la ferme de maître Goussot.

Un des fils prononça :

— Pourvu que la mère ait allumé quelques bûches !

— Sûrement, dit le père. Tiens, il y a même de la fumée.

On voyait, au bout d'une pelouse, les communs

27

et le logis principal et, par-dessus, l'église du village dont le clocher semblait trouer les nuages bas qui traînaient au ciel.

— Les fusils sont déchargés ? demanda maître Goussot.

— Pas le mien, dit l'aîné. J'y avais glissé une balle pour casser la tête d'un émouchet... Et puis...

Il tirait vanité de son adresse, celui-là. Et il dit à ses frères :

— Regardez la petite branche, au haut du cerisier. Je vous la casse net.

Cette petite branche portait un épouvantail, resté là depuis le printemps et qui protégeait de ses bras éperdus les rameaux sans feuilles.

Il épaula. Le coup partit.

Le mannequin dégringola avec de grands gestes comiques et tomba sur une grosse branche inférieure où il demeura rigide, à plat ventre, sa tête en linge coiffée d'un vaste chapeau haut de forme et ses jambes en foin ballottant de droite et de gauche au-dessus d'une fontaine qui coulait, près du cerisier, dans une auge de bois.

On se mit à rire. Le père applaudit :

— Joli coup, mon garçon ! Aussi bien, il commençait à m'agacer, le bonhomme. Je ne pouvais pas lever les yeux de mon assiette, quand je mangeais, sans voir cet idiot-là...

Ils avancèrent encore de quelques pas. Une vingtaine de mètres, tout au plus, les séparaient de la maison quand le père fit une halte brusque et dit :

— Hein ? Qu'y a-t-il ?

Les frères aussi s'étaient arrêtés, et ils écoutaient. L'un d'eux murmura :

— Ça vient de la maison..., du côté de la lingerie...

Et un autre balbutia :

— On dirait des plaintes... Et la mère qui est seule !

Soudain un cri jaillit, terrible. Tous les cinq, ils s'élancèrent. Un nouveau cri retentit, puis des appels désespérés.

— Nous voilà ! nous voilà ! proféra l'aîné qui courait en avant.

Et, comme il fallait faire un détour pour gagner la porte, d'un coup de poing il démolit une fenêtre et il sauta dans la chambre de ses parents. La pièce voisine était la lingerie où la mère Goussot se tenait presque toujours.

— Ah ! crebleu, dit-il en la voyant sur le parquet, étendue, le visage couvert de sang. Papa ! Papa !

— Quoi ! où est-elle ? hurla maître Goussot qui survenait... Ah ! crebleu, c'est-y possible !... Qu'est-ce qu'on t'a fait, la mère ?

Elle se raidit et, le bras tendu, bégaya :

— Courez dessus !... Par ici !... Par ici !... Moi, c'est rien... Des égratignures... Mais courez donc ! il a pris l'argent !

Le père et les fils bondirent.

— Il a pris l'argent ! vociféra maître Goussot en se ruant vers la porte que sa femme désignait... Il a pris l'argent ! Au voleur !

Mais un tumulte de voix s'élevait à l'extrémité du couloir par où venaient les trois autres fils.

— Je l'ai vu ! Je l'ai vu !

— Moi aussi ! Il a monté l'escalier.

— Non, le voilà, il redescend !

Une galopade effrénée secouait les planchers. Subitement, maître Goussot, qui arrivait au bout du couloir, aperçut un homme contre la porte du vestibule, essayant d'ouvrir. S'il y parvenait, c'était le salut, la fuite par la place de l'Eglise et par les ruelles du village.

Surpris dans sa besogne, l'homme stupidement perdit la tête, fonça sur maître Goussot qu'il fit pirouetter, évita le frère aîné et, poursuivi par les quatre fils, reprit le long couloir, entra dans la chambre des parents, enjamba la fenêtre qu'on avait démolie et disparut.

Les fils se jetèrent à sa poursuite au travers des pelouses et des vergers, que l'ombre de la nuit envahissait.

— Il est fichu, le bandit ! ricana maître Goussot. Pas d'issue possible pour lui. Les murs sont trop hauts. Il est fichu. Ah ! la canaille !

Et, comme ses deux valets revenaient du village, il les mit au courant et leur donna des fusils.

— Si ce gredin-là fait seulement mine d'approcher de la maison, leur dit-il, crevez-lui la peau. Pas de pitié !

Il leur désigna leurs postes, s'assura que la grande grille, réservée aux charrettes, était bien fermée et, seulement alors, se souvint que sa femme avait peut-être besoin de secours.

— Eh bien, la mère ?

— Où est-il ? est-ce qu'on l'a ? demanda-t-elle aussitôt.

— Oui, on est dessus. Les gars doivent le tenir déjà.

Cette nouvelle acheva de la remettre, et un petit coup de rhum lui rendit la force de s'étendre sur son lit, avec l'aide de maître Goussot, et de raconter son histoire.

Ce ne fut pas long, d'ailleurs. Elle venait d'allumer le feu dans la grande salle, et elle tricotait

paisiblement à la fenêtre de sa chambre en attendant le retour des hommes, quand elle crut per-
cevoir, dans la lingerie voisine, un grincement
léger.

« Sans doute, se dit-elle, que c'est la chatte que
j'aurai laissée là. »

Elle s'y rendit en toute sécurité et fut stupé-
faite de voir que les deux battants de celle des
armoires à linge où l'on cachait l'argent étaient
ouverts. Elle s'avança, toujours sans défiance.
Un homme était là, qui se dissimulait, le dos
aux rayons.

— Mais par où avait-il passé ? demanda maître
Goussot.

— Par où ? Mais par le vestibule, je suppose.
On ne ferme jamais la porte.

— Et alors, il a sauté sur toi ?

— Non, c'est moi qui ai sauté. Lui, il voulait
s'enfuir.

— Il fallait le laisser.

— Comment ! Et l'argent !

— Il l'avait donc déjà ?

— S'il l'avait ! Je voyais la liasse des billets
dans ses mains, la canaille ! Je me serais plutôt
fait tuer... Ah ! on s'est battu, va.

— Il n'était donc pas armé ?

— Pas plus que moi. On avait ses doigts, ses
ongles, ses dents. Tiens, regarde, il m'a mordue,
là. Et je criais ! et j'appelais ! Seulement, voilà,
je suis vieille..., il m'a fallu lâcher.

— Tu le connais, l'homme ?

— Je crois bien que c'est le père Traînard.

— Le chemineau ? Eh ! parbleu, oui, s'écria le
fermier, c'est le père Traînard... Il m'avait semblé
aussi le reconnaître... Et puis, depuis trois jours,
il rôde autour de la maison. Ah ! le vieux bougre,

31

il aura senti l'odeur de l'argent ! Ah ! mon père Traînard, ce qu'on va rigoler ! une raclée numéro un d'abord, et puis la justice. Dis donc, la mère, tu peux bien te lever maintenant ? Appelle donc les voisins. Qu'on coure à la gendarmerie... Tiens, il y a le gosse du notaire qui a une bicyclette... Sacré père Traînard, ce qu'il détalait ! Ah ! il a encore des jambes, pour son âge. Un vrai lapin !

Il se tenait les côtes, ravi de l'aventure. Que risquait-il ? Aucune puissance au monde ne pouvait faire que le chemineau s'échappât, qu'il ne reçût l'énergique correction qu'il méritait et ne s'en allât, sous bonne escorte, à la prison de la ville.

Le fermier prit un fusil et rejoignit ses deux valets.

— Rien de nouveau ?

— Non, maître Goussot, pas encore.

— Ça ne va pas tarder. A moins que le diable ne l'enlève par-dessus les murs...

De temps à autre, on entendait les appels que se lançaient au loin les quatre frères. Evidemment le bonhomme se défendait, plus agile qu'on ne l'eût cru. Mais, avec des gaillards comme les frères Goussot...

Cependant l'un d'eux revint, assez découragé, et il ne cacha pas son opinion :

— Pas la peine de s'entêter pour l'instant. Il fait nuit noire. Le bonhomme se sera niché dans quelque trou. On verra ça demain.

— Demain ! mais tu es fou, mon garçon, protesta maître Goussot.

L'aîné parut à son tour, essoufflé, et fut du même avis que son frère. Pourquoi ne pas attendre au lendemain puisque le bandit était dans le domaine comme entre les murs d'une prison ?

— Eh bien, j'y vais ! s'écria maître **Goussot**. Qu'on m'allume une lanterne.

Mais, à ce moment, trois gendarmes arrivèrent, et il affluait aussi des gars du village qui s'en venaient aux nouvelles.

Le brigadier de gendarmerie était un homme méthodique. Il se fit d'abord raconter toute l'histoire, bien en détail, puis il réfléchit, puis il interrogea les quatre frères, séparément, et en méditant après chacune des dépositions. Lorsqu'il eut appris d'eux que le chemineau s'était enfui vers le fond du domaine, qu'on l'avait perdu de vue plusieurs fois, et qu'il avait disparu définitivement aux environs d'un endroit appelé la « Butte-aux-Corbeaux », il réfléchit encore, et conclut :

— Vaut mieux attendre. Dans tout le fourbi d'une poursuite, la nuit, le père Traînard peut se faufiler au milieu de nous... et bonsoir la compagnie !

Le fermier haussa les épaules et se rendit en maugréant aux raisons du brigadier. Celui-ci organisa la surveillance, répartit les frères Goussot et les gars du village sous la garde de ses hommes, s'assura que les échelles étaient enfermées et installa son quartier général dans la salle à manger, où maître Goussot et lui somnolèrent devant un carafon de vieille eau-de-vie.

La nuit fut tranquille. Toutes les deux heures, le brigadier faisait une ronde et relevait les postes. Il n'y eut aucune alerte. Le père Traînard ne bougea pas de son trou.

Au petit matin, la battue commença.

Elle dura quatre heures.

En quatre heures, les cinq hectares du domaine furent visités, fouillés, arpentés en tous sens par une vingtaine d'hommes qui frappaient les buis-

33

sons à coups de canne, piétinaient les touffes d'herbe, scrutaient le creux des arbres, soulevaient les amas de feuilles sèches. Et le père Traînard demeura invisible.

— Ah ! bien, elle est raide, celle-là ! grinçait maître Goussot.

— C'est à n'y rien comprendre ! répliquait le brigadier.

Phénomène inexplicable, en effet. Car enfin, à part quelques anciens massifs de lauriers et de fusains, que l'on battit consciencieusement, tous les arbres étaient dénudés. Il n'y avait aucun bâtiment, aucun hangar, aucune meule, bref, rien qui pût servir de cachette.

Quant au mur, un examen attentif convainquit le brigadier lui-même : l'escalade en était matériellement impossible.

L'après-midi on recommença les investigations en présence du juge d'instruction et du substitut. Les résultats ne furent pas plus heureux. Bien plus, cette affaire parut aux magistrats tellement suspecte qu'ils manifestèrent leur mauvaise humeur et ne purent s'empêcher de dire :

— Etes-vous bien sûr, maître Goussot, que vos fils et vous n'avez pas eu la berlue ?

— Et ma femme ! cria maître Goussot, rouge de colère, est-ce qu'elle avait la berlue quand le chenapan lui serrait la gorge ? Regardez voir les marques !

— Soit, mais alors où est-il, le chenapan ?

— Ici, entre ces quatre murs.

— Soit. Alors cherchez-le. Pour nous, nous y renonçons. Il est trop évident que, si un homme était caché dans l'enceinte de ce domaine, nous l'aurions déjà découvert.

— Eh bien, je mettrai la main dessus, moi qui

vous parle ! tonna maître Goussot. Il ne sera pas dit qu'on m'aura volé six mille francs. Oui, six mille ! Il y avait trois vaches que j'avais vendues, et puis la récolte de blé, et puis les pommes. Six billets de mille que j'allais porter à la Caisse. Eh bien, je vous jure Dieu que c'est comme si je les avais dans ma poche.

— Tant mieux, je vous le souhaite, fit le juge d'instruction en se retirant, ainsi que le substitut et les gendarmes.

Les voisins s'en allèrent également, quelque peu goguenards. Et il ne resta plus, à la fin de l'après-midi, que les Goussot et les deux valets de ferme.

Tout de suite maître Goussot expliqua son plan : le jour, les recherches ; la nuit, une surveillance de toutes les minutes. Ça durerait ce que ça durerait. Mais quoi ! le père Traînard était un homme comme les autres, et, les hommes, ça mange et ça boit. Il faudrait donc bien que le père Traînard sortît de sa tanière pour manger et pour boire.

— A la rigueur, dit maître Goussot, il peut avoir dans sa poche quelques croûtes de pain, ou encore ramasser la nuit quelques racines. Mais, pour ce qui est de la boisson, rien à faire. Il n'y a que la fontaine. Bien malin s'il en approche.

Lui-même, ce soir-là, il prit la garde auprès de la fontaine. Trois heures plus tard, l'aîné de ses fils le relaya. Les autres frères et les domestiques couchèrent dans la maison, chacun veillant à son tour, et toutes bougies, toutes lampes allumées, pour qu'il n'y eût pas de surprise.

Quinze nuits consécutives, il en fut de même. Et quinze jours durant, tandis que deux hommes et que la mère Goussot restaient de faction, les cinq autres inspectaient le clos d'Héberville.

Au bout de ces deux semaines, rien !

Le fermier ne dérageait pas.

Il fit venir un ancien inspecteur de la Sûreté qui habitait la ville voisine.

L'inspecteur demeura chez lui toute une semaine. Il ne trouva ni le père Traînard ni le moindre indice qui pût donner l'espérance de le trouver.

— Elle est raide ! répétait maître Goussot. Car il est là, le vaurien ! Pour la question d'y être, il y est. Alors...

Se plantant sur le seuil de la porte, il invectivait l'ennemi :

— Bougre d'idiot, t'aimes donc mieux finir au fond de ton trou que de cracher l'argent ?

Et la mère Goussot, à son tour, glapissait de sa voix pointue :

— C'est-y la prison qui te fait peur ? Lâche les billets et tu pourras déguerpir.

Mais le père Traînard ne soufflait mot, et le mari et la femme s'époumonaient en vain.

Des jours affreux passèrent. Maître Goussot ne dormait plus, tout frissonnant de fièvre. Les fils devenaient hargneux, querelleurs, et ils ne quittaient pas leurs fusils, n'ayant d'autre idée que de retrouver le chemineau.

Au village on ne parlait que de cela, et l'affaire Goussot, locale d'abord, ne tarda pas à occuper la presse. Du chef-lieu, de la capitale, il vint des journalistes, que maître Goussot éconduisit avec des sottises.

— Chacun chez soi, leur disait-il. Mêlez-vous de vos occupations. J'ai les miennes, personne n'a rien à y voir.

— Cependant, maître Goussot...

— Fichez-moi la paix.

Et il leur fermait la porte au nez.

Il y avait maintenant quatre semaines que le père Traînard se cachait entre les murs d'Héberville. Les Goussot continuaient leurs recherches par entêtement et avec autant de conviction, mais avec un espoir qui s'atténuait de jour en jour, et comme s'ils se fussent heurtés à un des obstacles mystérieux qui décourageaient les efforts. Et l'idée qu'ils ne reverraient pas leur argent commençait à s'implanter en eux.

Or un matin, vers dix heures, une automobile, qui traversait la place du village à toute allure, s'arrêta net, par suite d'une panne.

Le mécanicien ayant déclaré, après examen, que la réparation exigerait un bon bout de temps, le propriétaire de l'automobile résolut d'attendre à l'auberge et de déjeuner.

C'était un monsieur encore jeune, à favoris coupés court, au visage sympathique, et qui ne tarda pas à lier conversation avec les gens de l'auberge.

Bien entendu, on lui raconta l'histoire des Goussot. Il ne la connaissait pas, arrivant de voyage, mais il parut s'y intéresser vivement. Il se la fit expliquer en détail, formula des objections, discuta des hypothèses avec plusieurs personnes qui mangeaient à la même table, et finalement s'écria :

— Bah ! cela ne doit pas être si compliqué. J'ai un peu l'habitude de ces sortes d'affaires. Et si j'étais sur place...

— Facile, dit l'aubergiste. Je connais maître Goussot... Il ne refusera pas...

Les négociations furent brèves, maître Goussot se trouvait dans un de ces états d'esprit où l'on proteste moins brutalement contre l'intervention des autres. En tout cas, sa femme n'hésita pas :

— Qu'il vienne donc, ce monsieur.

Le monsieur régla son repas et donna l'ordre à son mécanicien d'essayer la voiture sur la grand-route aussitôt que la réparation serait terminée.

— Il me faut une heure, dit-il, pas davantage. Dans une heure, soyez prêt.

Puis il se rendit chez maître Goussot.

A la ferme, il parla peu. Maître Goussot, repris d'espérance malgré lui, multiplia les renseignements, conduisit son visiteur le long des murs et jusqu'à la petite porte des champs, montra la clef qui l'ouvrait et fit le récit minutieux de toutes les recherches que l'on avait opérées.

Chose bizarre : l'inconnu, s'il ne parlait point, semblait ne pas écouter davantage. Il regardait, tout simplement, et avec des yeux plutôt distraits. Quand la tournée fut finie, maître Goussot dit anxieusement :

— Eh bien ?

— Quoi ?

— Vous savez ?

L'étranger resta un moment sans répondre. Puis il déclara :

— Non, rien du tout.

— Parbleu ! s'écria le fermier en levant les bras au ciel... Est-ce que vous pouvez savoir ? Tout ça, c'est de la frime. Voulez-vous que je vous dise, moi ? Eh bien, le père Traînard a si bien fait qu'il est mort au fond de son trou... et que les billets pourriront avec lui. Vous entendez ? C'est moi qui vous le dis.

Le monsieur, très calme, prononça :

— Un seul point m'intéresse. Le chemineau, somme toute étant libre, a pu se nourrir tant bien que mal la nuit. Mais comment pouvait-il boire ?

— Impossible ! s'écria le fermier, impossible !
Il n'y a que cette fontaine, et nous avons monté
la garde contre, toutes les nuits.

— C'est une source. Où jaillit-elle ?

— Ici même.

— Il y a donc une pression suffisante pour
qu'elle monte seule dans le bassin ?

— Oui.

— Et l'eau, où s'en va-t-elle, quand elle sort
du bassin ?

— Dans ce tuyau que vous voyez, qui passe
sous terre et qui la conduit jusqu'à la maison,
où elle sert à la cuisine. Donc pas moyen d'en
boire, puisque nous étions là et que la fontaine
est à vingt mètres de la maison.

— Il n'a pas plu durant ces quatre semaines ?

— Pas une fois, je vous l'ai déjà dit.

L'inconnu s'approcha de la fontaine et l'exa-
mina. L'auge était formée par quelques planches
de bois assemblées au-dessus même du sol et où
l'eau s'écoulait, lente et claire.

— Il n'y a pas plus de trente centimètres d'eau
en profondeur, n'est-ce pas ? dit-il.

Pour mesurer, il ramassa sur l'herbe un fétu
de paille qu'il dressa dans le bassin. Mais, comme
il était penché, il s'interrompit soudain au milieu
de sa besogne et regarda autour de lui.

— Ah ! que c'est drôle, dit-il en partant d'un
éclat de rire.

— Quoi ! Qu'est-ce que c'est ? balbutia maître
Goussot qui se précipita sur le bassin, comme si
un homme eût pu se tenir couché entre ces planches exiguës.

Et la mère Goussot supplia :

— Quoi ? Vous l'avez vu ? Où est-il ?

— Ni dedans ni dessous, répondit l'étranger, qui riait toujours.

Il se dirigea vers la maison, pressé par le fermier, par la femme et par les quatre fils. L'aubergiste était là également, ainsi que les gens de l'auberge qui avaient suivi les allées et venues de l'étranger. Et on se tut, dans l'attente de l'extraordinaire révélation.

— C'est bien ce que je pensais, dit-il d'un air amusé, il a fallu que le bonhomme se désaltérât, et comme il n'y avait que la source...

— Voyons ! voyons ! bougonna maître Goussot, nous l'aurions bien vu !

— C'était la nuit.

— Nous l'aurions entendu, et même vu, puisque nous étions à côté.

— Lui aussi.

— Et il a bu l'eau du bassin ?

— Oui.

— Comment ?

— De loin.

— Avec quoi ?

— Avec ceci.

Et l'inconnu montra la paille qu'il avait ramassée.

— Et tenez ! voilà le chalumeau du consommateur. Et vous remarquerez la longueur insolite de ce chalumeau, lequel, en réalité, est composé de trois fétus de paille mis bout à bout. C'est cela que j'ai remarqué aussitôt, l'assemblage de ces trois fétus. La preuve était évidente.

— Mais, sacredié ! la preuve de quoi ? cria maître Goussot, exaspéré.

L'inconnu décrocha du râtelier une petite carabine.

— Elle est chargée ? demanda-t-il.

— Oui, dit le plus jeune des frères, je m'amuse avec contre les moineaux. C'est du menu plomb.

— Parfait. Quelques grains dans le derrière suffiront.

Son visage devint subitement autoritaire. Il empoigna le fermier par le bras et scanda, d'un ton impérieux :

— Ecoutez, maître Goussot, je ne suis pas de la police, moi, et je ne veux pas, à aucun prix, livrer ce pauvre diable. Quatre semaines de diète et de frayeur..., c'est assez. Donc vous allez me jurer, vous et vos fils, qu'on lui donnera la clef des champs sans lui faire aucun mal.

— Qu'il rende l'argent !

— Bien entendu. C'est juré ?

— C'est juré.

Le monsieur se tenait de nouveau sur le pas de la porte, à l'entrée du verger. Vivement, il épaula, un peu en l'air et dans la direction du cerisier qui dominait la fontaine. Le coup partit. Un cri rauque jaillit là-bas et l'épouvantail que l'on voyait, depuis un mois, à califourchon sur la branche maîtresse dégringola jusqu'au sol pour se relever aussitôt et se sauver à toutes jambes.

Il y eut une seconde de stupeur, puis des exclamations. Les fils se précipitèrent et ne tardèrent pas à rattraper le fuyard, empêtré qu'il était dans ses loques et affaibli par les privations. Mais l'inconnu déjà le protégeait contre leur colère.

— Bas les pattes ! Cet homme m'appartient. Je défends qu'on y touche... Je n' t'ai pas trop salé les fesses, père Traînard ?

Planté sur ses jambes de paille qu'enveloppaient des lambeaux d'étoffe effilochés, les bras et tout le corps habillés de même, la tête bandée de linge, ligoté, serré, boudiné, le bonhomme avait encore l'apparence rigide d'un mannequin. Et c'était si comique, si imprévu, que les assistants pouffaient de rire.

L'étranger lui dégagea la tête, et l'on aperçut un masque de barbe grise ébouriffée, rabattue de tous côtés sur un visage de squelette où luisaient des yeux de fièvre.

Les rires redoublèrent.

— L'argent ! les six billets ! ordonna le fermier.

L'étranger le tint à distance.

— Un moment... On va vous rendre cela. N'est-ce pas, père Traînard ?

Et, tout en coupant avec son couteau les liens de paille et d'étoffe, il plaisantait :

— Mon pauvre bonhomme, t'en as une touche ! Mais comment as-tu réussi ce coup-là ? Il faut que tu sois diantrement habile, ou plutôt que tu aies eu une sacrée venette !... Alors, comme ça, la première nuit, tu as profité du répit qu'on te laissait pour t'introduire dans cette défroque ? Pas bête. Un épouvantail, comment aurait-on pu avoir l'idée ?... On avait tellement l'habitude de le voir accroché à son arbre ! Mais, mon pauvre vieux, ce que tu devais être mal, à plat ventre, les jambes et les bras pendants ! toute la journée comme ça ! Fichue position ! Et quelles manœuvres pour risquer un mouvement, hein ? Quelle frousse, quand tu t'endormais ! Et il fallait manger ! Et il fallait boire ! Et tu entendais la sentinelle ! Et tu devinais le canon de son fusil à un mètre de ta frimousse ! Brr... ! le plus chouette, vois-tu, c'est ton fétu de paille ! Vrai, quand on pense que sans bruit, sans geste, pour ainsi dire, tu devais extirper des brins de paille de ta défroque, les ajuster bout à bout, projeter ton appareil jusqu'au bassin et biberonner, goutte à goutte, un peu de l'eau bienfaisante... Vrai, c'est à hurler d'admiration... Bravo, père Traînard !

Et il ajouta entre ses dents :

— Seulement tu sens trop mauvais, mon bonhomme. Tu ne t'es donc pas lavé depuis un mois? Tu avais pourtant de l'eau à discrétion ! Tenez, vous autres, je vous le passe. Moi, je vais me laver les mains.

Maître Goussot et ses quatre fils s'emparèrent vivement de la proie qu'on leur abandonnait.

— Allons, ouste ! donne l'argent.

Si abruti qu'il fût, le chemineau trouva encore la force de jouer l'étonnement.

— Prends donc pas cet air idiot, grogna le fermier. Les six billets... Donne.

— Quoi ?... Qu'è qu'on m'veut ? Balbutia le père Traînard.

— L'argent... et tout de suite...

— Quel argent?

— Les billets !

— Les billets ?

— Ah ! tu commences à m'embêter ! A moi, les gars...

On renversa le bonhomme, on lui arracha la loque qui lui servait de vêtements, on chercha, on fouilla.

Il n'y avait rien.

— Brigand de voleur ! cria maître Goussot, qu'est-ce que t'en as fait ?

Le vieux mendiant semblait encore plus ahuri. Trop malin pour avouer, il continua à gémir :

— Qu'è qu'on m' veut?... D' l'argent? J'ai pas seulement trois sous à moi...

Mais ses yeux écarquillés ne quittaient pas son

43

vêtement et il paraissait n'y rien comprendre, lui non plus.

La fureur des Goussot ne put se contenir davantage. On le roua de coups, ce qui n'avança pas les choses. Mais le fermier était convaincu qu'il avait caché l'argent avant de s'introduire dans l'épouvantail.

— Où l'as-tu mis, espèce de canaille ? Dis ! Dans quel coin du verger ?

— L'argent ? répétait le chemineau d'un air niais.

— Oui, l'argent, l'argent que tu as enterré quelque part... Ah ! si on ne le trouve pas, ton compte est bon... Il y a des témoins, n'est-ce pas ?... Vous tous, les amis. Et puis le monsieur...

Il se retourna pour interpeller l'inconnu qui devait être du côté de la fontaine, à trente ou quarante pas sur la gauche. Et il fut tout surpris de ne pas l'y voir en train de se laver les mains.

— Est-ce qu'il est parti ? demanda-t-il.

Quelqu'un répondit :

— Non... Non... Il a allumé une cigarette et il s'est enfoncé dans le verger en se promenant.

— Ah ! tant mieux, dit maître Goussot, c'est un type à nous retrouver les billets comme il a retrouvé l'homme.

— A moins que..., fit une voix.

— A moins que... Qu'est-ce que tu veux dire, toi ? interrogea le fermier. T'as une idée ? Donne-la donc... Quoi ?

Mais il s'interrompit brusquement, assailli d'un doute, et il y eut un instant de silence. Une même pensée s'imposait à tous les paysans. Le passage de l'étranger à Héberville, la panne de son automobile, sa manière de questionner les gens à l'auberge, et de se faire conduire dans le domaine, tout cela, n'était-ce pas un coup préparé d'avance, un truc de cambrioleur qui connaît l'histoire par les journaux et qui vient sur place tenter la bonne affaire ?...

— Rudement fort ! prononça l'aubergiste. Il aura pris l'argent dans la poche du père Traînard, sous nos yeux, en le fouillant.

— Impossible, balbutia maître Goussot... On l'aurait vu sortir par là... du côté de la maison... Or il se promène dans le verger.

La mère Goussot, toute défaillante, risqua :

— La petite porte du fond, là-bas ?...

— La clef ne me quitte point.

— Mais tu la lui as fait voir.

— Oui, mais je l'ai reprise... Tiens, la voilà.

Il mit la main dans sa poche et poussa un cri.

— Ah ! cré bon Dieu, elle n'y est pas... Il me l'a barbotée...

Aussitôt il s'élança, suivi, escorté de ses fils et de plusieurs paysans.

A moitié chemin on perçut le ronflement d'une automobile, sans aucun doute celle de l'inconnu, qui avait donné ses instructions à son chauffeur pour qu'il l'attendît à cette issue lointaine.

Quand les Goussot arrivèrent à la porte, ils virent sur le battant de bois vermoulu, inscrits à l'aide d'un morceau de brique rouge, ces deux mots : *Arsène Lupin.*

Malgré l'acharnement et la rage des Goussot, il fut impossible de prouver que le père Traînard avait dérobé de l'argent. Vingt personnes en effet durent attester que, somme toute, on n'avait rien découvert sur lui. Il s'en tira avec quelques mois de prison.

Il ne les regretta point. Dès sa libération, il fut avisé secrètement que tous les trimestres, à telle date, à telle heure, sous telle borne de telle route, il trouverait trois louis d'or.

Pour le père Traînard, c'est la fortune.

Maurice LEBLANC.
(Les Confidences d'Arsène Lupin.)

Le terrible baron Noir

Depuis le matin, la foule se presse derrière les barrières entourant le pré où va se dérouler le tournoi. Tous les gens de la ville sont venus ce dimanche, et bien des étrangers aussi, avides de beaux spectacles exaltants. Sans parler des vide-goussets et autres malandrins, attirés comme le sont les abeilles par un pot de confiture. Ceux-là, le lieutenant de police les reconnaît de loin. Il les dédaigne pourtant ce jour-là, trop soucieux d'une affaire de bien plus haute importance.

Les seigneurs et leurs suites sont installés dans les gradins, à l'abri du soleil. Plusieurs duels ont eu lieu, les dames ont déjà agité leurs longues écharpes en guise d'encouragement, des vivats ont déjà retenti, acclamant les vainqueurs.

Mais voici le moment attendu entre tous : le terrible baron Noir va être opposé à un champion très connu dans la province entière : le comte Jérôme. Arrivera-t-il à le terrasser aussi facile-ment qu'il a déjà terrassé d'autres redoutables combattants, chargés de gloire et d'expérience ?

Les préparatifs s'achèvent, tandis que le lieu-tenant rejoint rapidement le premier rang de la foule. Les combattants sont revêtus de leurs armures, les écuyers les aident à monter à cheval ; ils rabaissent sur leur visage la visière d'un heaume étincelant, saisissent leur lance. Ils se placent chacun d'un côté de la lice — ainsi appelle-t-on le pré où les combats se déroulent — face à face, s'observant de loin.

Les trompettes sonnent, les chevaux s'élancent au grand galop l'un vers l'autre, les lances se tendent vers la poitrine de l'adversaire.

Et c'est le choc, au milieu du pré. Le lieutenant ne peut retenir un cri de déception : le comte, frappé avec force, a chancelé, il tombe à terre, sans pouvoir reprendre l'équilibre. Le baron, lui, est debout, faisant cabrer sa monture, vainqueur une nouvelle fois !

La foule hurle, le lieutenant bondit dans la lice, faisant signe de le suivre à deux ou trois archers...

Ecuyers et pages accourus sont en train de ramasser le comte, leur maître, étourdi, blessé peut-être, on ne sait pas encore... Le lieutenant crie :

— Attendez !

Un archer saisit le cheval du comte par la bride. Le lieutenant se penche, commence à examiner la selle, tout le harnachement de cuir, vérifiant chaque détail.

— Que se passe-t-il ?

Le baron Noir s'est approché. Personne ne lui répond... Le lieutenant réprime sa colère : le harnachement du comte lui apparaît normal, aucune courroie n'a été entaillée ou défaite pour favoriser la chute du cavalier. Non, aucune trace suspecte d'aucune sorte.

Le baron a compris le sens de l'examen. La visière de son heaume relevée, il s'exclame d'une voix sans réplique :

— La prochaine fois, lieutenant, en dépit de votre titre, je vous ferai bâtonner par mes gens!

Vous osez me soupçonner de malhonnêteté, moi !

Le lieutenant le regarde : si la voix exprime la colère, il lui semble apercevoir briller dans les yeux du baron une lueur ironique...

La rage au cœur, il salue en marmonnant un semblant d'excuse et s'éloigne. Déjà, le héraut appelle d'autres combattants, la fête continue.

— Viens, Bedaine, on s'en va.

— A vos ordres, lieutenant.

L'archer ainsi nommé emboîte le pas de son chef. Bedaine n'est pas son vrai nom, on s'en doute ; ce surnom lui vient d'un ventre proéminent, fruit d'une gourmandise insatiable. Pour le reste, Bedaine est un honnête policier, faisant scrupuleusement son métier.

— Je n'y comprends rien, répète le lieutenant pour la dixième fois.

Bedaine soupire, accélère l'allure pour se trouver à hauteur de son supérieur hiérarchique.

— Peut-être, ose-t-il insinuer, n'y a-t-il rien à comprendre ? Si le baron Noir gagne toujours, eh bien, c'est parce qu'il est le plus fort, voilà tout.

Le lieutenant tourne la tête, toisant l'archer :

— Impossible, répond-il sèchement. Je connais le baron depuis des années, c'est-à-dire depuis qu'il est en âge de combattre dans les tournois. Tout le monde le battait à plate couture... L'an passé, il est parti en voyage ; depuis son retour, il massacre nos meilleurs chevaliers. Cela est anormal, je dirais même incompréhensible...

Bedaine devient grave ; il souffle à voix basse :

— En ce cas-là, je ne vois qu'une seule explication : il y a de la sorcellerie là-dessous ! Le baron Noir a peut-être vendu son âme au diable?

51

Terrible accusation. Le lieutenant ne réplique pas tout de suite. Puis il annonce :

— Tu vas essayer d'enquêter, Bedaine, je te dirai comment. Et, au moindre indice, je prendrai ta place, tel le faucon de chasse à qui l'on ôte son capuchon et qui fond sur sa proie à la vitesse de l'éclair...

Bedaine soupire, pensant qu'il aurait mieux fait de se taire : enquêter dans les alentours de ce mauvais baron ne lui dit rien qui vaille. Il obéira cependant, dûment chapitré.

Voilà pourquoi, dès le lendemain, on le voit aborder un laquais dans une taverne ; il lui paie à boire, essaye de capter sa confiance avant de l'interroger :

— N'aurais-tu jamais entendu, quelque nuit, au château du baron Noir, se dérouler d'étranges événements, senti des odeurs de soufre, aperçu un diable cornu ou autre chose du même genre ?

Le valet ouvre de grands yeux effrayés :

— Que nenni...

Et de se dépêcher de finir son verre et de s'éloigner.

Même réaction négative de la part d'une servante, puis d'un valet de cuisine.

Tandis que Bedaine enquête, le lieutenant ne reste pas inactif. Lui va trouver le comte Jérôme, la dernière victime du baron Noir. Très respectueusement, il l'interroge :

— Seigneur, juste avant le tournoi, n'auriez-vous pas senti en vous une quelconque faiblesse? Ne vous aurait-on point fait boire, par exemple, quelque boisson désaltérante, dans laquelle une drogue aurait pu être mêlée à votre insu?

Le comte Jérôme secoue négativement la tête. C'est un seigneur loyal et de vieille noblesse :

— Je me sentais parfaitement bien au moment du combat, répond-il honnêtement, et mon cheval aussi semblait en pleine forme, obéissant comme à l'accoutumée, à une simple pression de mes jambes, pour s'élancer... Je me souviens, j'ai tendu le bras, visant la poitrine. Avant d'avoir touché le baron, son arme m'a atteint, c'est tout, je suis tombé, désarçonné... J'ai mal visé, sans doute.

— Vous pensez donc, seigneur, qu'il est inutile d'interroger vos gens?

— Je ne vois pas ce qu'ils pourraient vous dire de plus.

Tête basse, le lieutenant de police se retire...

L'enquête de Bedaine, quant à elle, se termine mal. Bien entendu, les domestiques du baron jasent, et leur maître finit par apprendre les démarches de l'archer.

Dès le deuxième soir, tandis que ce dernier, son service terminé, s'apprête à regagner sa demeure, il est hélé par un inconnu :

— Holà, monsieur l'archer ! Je peux vous apprendre une chose intéressante, lui dit l'homme entre haut et bas.

— A propos de quoi ?

— A propos du baron Noir.

Alléché, Bedaine suit l'homme sans réfléchir. Au tournant de la première rue déserte, il est assailli par deux malandrins armés de bâtons.

— A l'aide ! hurle-t-il.

Mais aussitôt de rudes coups l'abattent au sol ; il ne peut que se couvrir la tête de ses mains en cherchant à se relever, à se sauver.

Heureusement pour lui, une patrouille de police,

qui passait non loin, entend ses cris et accourt, faisant fuir les agresseurs comme une volée de moineaux.

— Mais c'est Bedaine !

— Tu ne pouvais pas te défendre à grands coups de ventre ? plaisante un collègue, tout en lui tendant une main secourable.

L'archer hausse ses épaules meurtries.

— J'aurais bien voulu vous voir à ma place...

Le lendemain, lorsqu'il paraît devant son supérieur, encore tout moulu, le lieutenant murmure seulement :

— Ce sont les risques du métier.

Mais, en son for intérieur, la colère gronde. C'est comme s'il avait reçu lui-même les coups qui se sont abattus sur son archer.

— Le baron nous paiera tout en bloc, rassure-toi. Je l'aurai !... Quant à toi, va manger un pâté, une poularde, et boire une bouteille à mon compte. Ça te remettra d'aplomb.

Bedaine s'empresse d'obéir...

Cependant le lieutenant n'abandonne pas pour autant son idée de sorcellerie. Le jour du tournoi suivant, avant que ne commencent les joutes, un moine exorciste paraît soudain et asperge le baron Noir d'eau bénite, tout en prononçant les formules rituelles utilisées pour chasser les démons.

Le baron Noir ne réagit pas, il ne semble même pas s'être aperçu de la chose. Et cela ne l'empêche pas de vaincre, en combat singulier, les deux champions venus de provinces voisines, sa réputation ne faisant que grandir avec le temps, de tournoi en tournoi.

Le lieutenant de police s'arrache les cheveux ; il ne peut fermer l'œil de la nuit... Mais, à l'aube, il s'assied brusquement sur sa couche, illuminé d'une idée nouvelle...

⁂

Les jours se succèdent, le lieutenant exerce son métier, organise le service des archers, poursuit les malandrins de toute espèce. Mais Bedaine, qui le connaît bien, sait que son chef n'a qu'une seule pensée, qu'un seul objectif : confondre le baron Noir.

Le lieutenant semble pourtant avoir arrêté son enquête. En réalité, il attend la Saint-Jean d'été, le jour de la grande fête de la cité. Un seigneur de Paris, de la cour même du roi de France, doit venir combattre le baron Noir... Ce sera le clou du tournoi, le clou de la fête.

Dès la veille de la Saint-Jean, la ville est pleine de voyageurs, la foire bat son plein, des saltimbanques se produisent sur la grand-place... On a monté, sur le pré où se dérouleront les joutes, les tentes en toile réservées aux champions. Les charpentiers achèvent d'installer les gradins destinés aux spectateurs de marque.

C'est presque la nuit. Deux ombres glissent, s'efforçant de ne pas être vues.

— La tente du baron se trouve là, Bedaine, indique le lieutenant à voix basse. Tu vas t'approcher de l'entrée et distraire les gardes un moment.

— Facile à dire... Ils vont me reconnaître. Me taper dessus, sans doute, une nouvelle fois.

— Tu auras une récompense superbe, Bedaine, je te le promets. Va...

L'archer obéit. Le lieutenant se glisse derrière la tente du baron Noir et attend. Bientôt, il entend Bedaine provoquer les gardes avec véhémence, faire semblant de les reconnaître, les accuser de lui avoir tendu un guet-apens... Les gardes répliquent.

Personne ne viendra maintenant le déranger. D'un coup rapide de sa dague, le lieutenant fend la toile, pénètre à l'intérieur de la tente par la déchirure. Silencieux, telle une ombre, il se précipite vers le harnachement du seigneur préparé sur une table, empoigne la lance et se sauve comme un voleur, sans même prêter l'oreille aux cris, exclamations et bruits divers indiquant que Bedaine et les gardes en sont venus aux mains...

Le lendemain, comme d'habitude, la foule accourt assister aux joutes. Le tournoi commence, les trompettes sonnent, des vivats acclament les premiers vainqueurs. Le lieutenant de police est là, naturellement.

C'est alors que le baron Noir se présente. Il entre dans sa tente afin de se préparer. Le lieutenant, anxieux, attend... Mais ce qu'il a pressenti se produit. Le baron ressort avec précipitation, suivi d'écuyers affolés s'exclamant, les bras levés au ciel :

— On ne sait pas, seigneur. Nous n'y comprenons rien. Elle a disparu !

Le baron n'écoute plus. L'air sombre, il repousse ses gens, saute sur son cheval et s'enfuit. S'enfuit, oui, le mot est juste...

Le lieutenant rit aux anges, Bedaine pareillement, même s'il a le corps bleui de coups de poing et de coups de bâton.

— Nous l'avons eu, Bedaine, nous l'avons eu ! Vivat !

Bientôt le héraut appelle le baron d'une voix de stentor, l'invitant à se présenter pour combattre. Le baron ne répond pas, et pour cause. C'est le lieutenant qui s'avance à sa place devant les gradins d'honneur, près desquels caracole déjà le noble venu de Paris, de la cour du roi de France.

— Le baron Noir ne viendra pas, nobles dames et nobles seigneurs ! crie-t-il.

— Pourquoi donc ? demande le seigneur qui préside la fête.

— Il a perdu sa lance ; sans elle, il ne peut combattre. Vous allez comprendre pourquoi. Nous l'avons retrouvée, cette fameuse lance, et nous allons vous la montrer.

A ces mots, deux archers se précipitent, apportant la lance du baron, aussitôt saisie par le lieutenant.

— Regardez ! nobles dames et seigneurs. A première vue, elle paraît semblable à toutes les autres lances, mais en réalité sa poignée dissimule un puissant ressort. Il suffit d'appuyer à un certain endroit pour que le fer de la lance grandisse de quelques pouces (1), suffisamment pour assurer au baron, durant l'assaut, un avantage insurmontable... Regardez !

Et le lieutenant en fait la démonstration.

— Félonie ! s'exclament en chœur les nobles indignés. Il faudra retrouver le baron pour le châtier !

∴

— Comment avez-vous deviné? demanda un peu plus tard Bedaine à son supérieur.

— Je me suis brusquement souvenu, une nuit, des paroles du comte Jérôme. Il me disait avoir

_____

(1) Un pouce = 2,3 cm environ.

le bras tendu au moment du choc, et pourtant sa lance n'avait touché que le vide. J'ai pensé : « Elle était peut-être plus courte. » Alors j'ai réfléchi, il n'y avait qu'une explication possible : la lance avait dû être faite spécialement pour le baron lors de son voyage en Italie et comporter un dispositif spécial ; les artisans, là-bas, sont très adroits.

Bedaine regarde le lieutenant d'un air admiratif :

— Et le baron, allons-nous l'arrêter, lieutenant ?

L'autre se met à rire :

— Laissons courir, Bedaine, laissons courir. A mon avis, le terrible baron Noir n'est pas près de remettre les pieds dans sa province natale...

Bertrand SOLET.

Le dossier Parnaud

— Allô !... Allô !... Je vous entends mal... C'est vous, monsieur Hyacinthe ?

— Oui, Pierre, je ne me sens pas bien. J'ai la tête lourde. Dans mon café au lait... on a dû verser quelque chose... Je sens que je m'endors... Notez vite...

Pierre saisit son stylo.

— Vous notez ? 1... 8... 1... 2... 4... 7...

— Je répète : 1, 8, 1, 2, 4, 7... Qu'est-ce que cela représente ? Allô !... Allô ! Répondez-moi, monsieur Hyacinthe...

Au bout du fil, le silence... M. Hyacinthe était le contraire d'un plaisantin, et Pierre Blondel, adjoint à la direction du cabinet O.-O. Hyacinthe, assureur-conseil, en conclut que son patron venait de lui lancer un S.O.S. Il raccrocha et composa nerveusement le numéro du bureau : pas libre ! L'appel venait bien du cabinet.

Quelle pouvait être la raison d'une communication aussi insolite ? Qui aurait pu verser un soporifique dans le café au lait de M. Hyacinthe et pourquoi ? Son petit déjeuner, M. Hyacinthe avait coutume de le prendre au *Teddy-Bar*, en face du bureau ; dans la cohue matinale, il était relativement facile de verser une poudre narcotique dans une tasse... Mais pourquoi l'aurait-on fait ?

Quand il pénétra dans le bureau directorial, Pierre Blondel trouva la secrétaire respectueusement penchée sur le corps endormi d'Oscar-Onésime Hyacinthe. Après trente ans de loyaux services, Solange conservait un sang-froid exemplaire devant les situations les plus inhabituelles.

— Je suis au courant, mademoiselle Solange, commença Pierre en arrêtant d'un geste toute velléité d'explications, M. Hyacinthe a pu me téléphoner avant de céder au sommeil... Prévenez le docteur Tessier.

— Et le voyage à Tours de M. le Directeur ? interrogea Solange. Vous savez bien qu'il a rendez-vous chez le juge d'instruction !

— Bon sang, c'est vrai, j'oubliais le dossier Parnaud !

Parnaud, une redoutable crapule qui se donnait les allures d'un brave homme persécuté. Aurait-il pu endormir, ou faire endormir M. Hyacinthe pour empêcher le dossier de parvenir à l'instruction ? Pierre n'hésita pas : il irait à Tours à la place de son patron.

— Je vous laisse ici attendre le docteur, mademoiselle Solange. Si le patron se réveille, dites-lui bien de ne pas s'inquiéter, je pars pour Tours. Voyons ! où est son porte-documents?... Tout a l'air d'y être... A ce soir !

Heureusement, l'affaire Parnaud était présente à son esprit. Il s'agissait d'une banale histoire d'escroquerie à l'assurance. Un entrepôt de marchandises avait brûlé l'été dernier, près de Tours. Or un hasard douteusement providentiel faisait que le propriétaire de cet entrepôt, Honoré Parnaud, venait de faire réévaluer son contrat de garantie. M. Hyacinthe, l'assureur, avait étudié l'affaire et réuni de lourdes présomptions contre

Parnaud. Il le soupçonnait d'avoir allumé une bougie à un endroit propice dans l'entrepôt, afin que quelques heures plus tard la flamme, parvenue à une hauteur préalablement calculée, propage l'incendie aux pots de peinture et à tout le bâtiment. Ce qui n'avait pas manqué de se produire. On avait bien retrouvé des traces de cire fondue, mais l'inventaire faisait état d'un stock de bougies. Dans l'esprit de M. Hyacinthe, c'était un inventaire falsifié, mais allez donc le prouver après un incendie qui a tout détruit !

Que pouvait signifier cette série de chiffres que le patron avait dictée, tel un testament ? Pierre se perdait en conjectures.

L'autoroute du Sud était relativement dégagée. Blondel, dans sa modeste R 5, roulait sagement. Et il se demandait pourquoi la Corvair rouge qui le suivait depuis un moment se contentait d'une vitesse de croisière et restait dans son sillage.

« Ah ! tout de même ! » pensa Pierre.

La Corvair semblait enfin vouloir le doubler... Mais non, elle reprit l'alignement et laissa même un camion 15 tonnes s'intercaler entre la R 5 et elle. Pierre accéléra et, sur sa lancée, réussit à doubler une théorie de camions à la sortie de Montlhéry. La Corvair rouge suivait toujours... Un instant, Pierre crut que c'était lui qui réglait l'allure de la voiture américaine ; il décida de ralentir... La Corvair, dans laquelle il eut le temps d'apercevoir deux hommes, le dépassa ; et Pierre, en regardant la voiture filer devant lui, sourit du roman qu'il venait d'ébaucher.

Il avait oublié l'incident lorsque, quelques kilomètres plus loin, il aperçut la Corvair arrêtée à un poste d'essence. Quoi de plus naturel ? Pourtant Pierre ne put résister à un vague sentiment d'inquiétude. Il se mit à conduire en surveillant son rétroviseur et n'eut pas longtemps à attendre avant de voir à nouveau pointer la voiture américaine qui resta derrière lui.

« Etampes ! Une chance sur cent pour que ce soit là qu'ils aillent, pensa Pierre en arrivant sur le panneau indicateur. Au lieu d'éviter la ville, je vais foncer vers le centre et rejoindre la grand-route de l'autre côté. Ou bien ils continuent sans moi, ou je les sème. »

Apparemment, la Corvair allait à Etampes. A la faveur de quelques croisements, Pierre la perdit de vue. Il rejoignit la route nationale et, machinalement, jeta un coup d'œil dans son rétroviseur. La Corvair était là. Il était bel et bien suivi et ses poursuivants ne cherchaient même plus à se cacher. Ils se rapprochaient. Pierre voyait distinctement deux hommes à la mine patibulaire.

Il avisa un chemin de traverse menant à un hameau et, sans ralentir ou presque, il vira dans un hurlement de pneus pour s'engager sur la petite route. La Corvair ne pouvait que continuer sur sa lancée ; c'est du moins ce qu'il escomptait. « Le temps qu'elle fasse demi-tour, j'aurai largement le temps de me perdre dans la nature », pensait-il.

Mais la Corvair, utilisant le même procédé, vira sans ralentir et vint percuter la R 5 au moment précis où celle-ci retrouvait péniblement son équilibre. Le choc fut rude. Pierre, incapable de maîtriser son véhicule, effectua un magnifique tête-à-queue qui le ramena nez à nez avec ses poursuivants.

— Alors, ça ne va pas, non ? bégaya-t-il en se précipitant hors de la voiture.

— Non, lui fut-il répondu. Faut vous estimer heureux que ça ne soit pas plus grave. Savez pas qu'on met son clignotant avant de tourner?

Pierre comprit que cette manifestation de mauvaise foi visait à le pousser à bout pour justifier un acte de violence de la part de ses agresseurs. Il se maîtrisa instantanément.

— Eh bien, messieurs, un constat s'impose. Rendons-nous à la gendarmerie.

— C'est bien normal, firent les deux autres en chœur avec un soupçon d'ironie tandis que Pierre auscultait minutieusement son pont arrière.

Bon, rien de grave, il pourrait repartir.

Mais, avant qu'il ait eu le temps de regagner son volant, la puissante voiture rouge avait démarré en trombe. Les deux hommes, de loin, lui firent un petit salut moqueur.

— Ah ! les voyous ! rugit Pierre.

— J'ai bien vu tout de suite que ces gars-là c'était de la sale graine !

Comme sorti de terre, une espèce de vagabond, debout près de la portière, témoignait ainsi de son indignation. Hirsute, fortement aviné, l'homme ponctuait son discours de grands mouvements de bras.

— D'où sortez-vous ? interrogea Pierre.

— J' suis témoin, mon prince. Ils l'ont fait exprès. Parfaitement, j'irai l' dire aux gendarmes... Des vandales !

— C'est bon, montez avec moi.

— C'est gentil de m'offrir une balade, capitaine ! A vos ordres. Soldat p'tit Louis, toujours prêt... à boire un coup ! fit l'homme en se hissant à côté de Pierre.

L'adjoint de M. Hyacinthe reprit la route, renonçant à poursuivre la Corvair. Soudain, jetant un

65

coup d'œil sur la banquette arrière, il comprit le motif de l'accident volontaire : la serviette avait disparu ! Pendant la courte altercation, l'un des deux hommes était sorti de la voiture, faisant mine de s'intéresser avec lui à l'état du pont arrière. Tandis que Pierre, à genoux, regardait sous la voiture, l'autre s'était tout simplement emparé de la serviette avant de filer. C'était l'enfance de l'art.

— Je comprends leur petit salut ironique ! fulmina Pierre.

— Ils vous ont pris de l'argent, capitaine ?

— Ah ! les voyous, les voyous...

Pierre ne pouvait exprimer autrement les sentiments de rage, d'impuissance qui l'envahissaient. Plus la peine de perdre du temps à la gendarmerie. Mieux valait gagner Tours au plus vite, afin d'informer le juge d'instruction. Il arriverait les mains vides, sans l'ombre d'une preuve, et avec le récit rocambolesque d'une aventure invraisemblable.

L'adjoint de M. Hyacinthe songeait aux documents que contenait la serviette, en particulier à cette petite photographie qui étayait toute l'argumentation contre Parnaud. Ce dernier, en effet, soutenait qu'au moment de l'incendie il était en vacances au bord de la mer. De laborieuses recherches avaient permis à M. Hyacinthe de découvrir la preuve du contraire : un photographe de Tours avait pris des clichés dans la rue, à l'occasion d'une quinzaine commerciale ; sur l'une des photos prises la veille de l'incendie figurait Parnaud, très reconnaissable. Comme le photographe ne conservait aucun négatif des photos invendues, la preuve unique du mensonge de Parnaud était maintenant entre les mains de ses complices.

Pierre envisagea le sombre avenir qui l'attendait au cabinet Hyacinthe.

Tout à coup, p'tit Louis le poussa du coude :

— Dites donc, capitaine, c'est pas la bagnole de vos deux lascars, là-bas, dans le champ ?

Eh oui ! toutes portières ouvertes, c'était bien la Corvair rouge, abandonnée. Pierre s'arrêta et put constater : 1° que les deux hommes avaient changé de véhicule ; 2° qu'ils avaient abandonné la serviette noire, vide, sur le siège du conducteur ; 3° que dans le petit calepin de M. Hyacinthe, posé en évidence sur la serviette, ils avaient écrit, à la date du jour, *bons baisers, à bientôt...* Ce qui décupla la fureur de Pierre. Machinalement il feuilleta le carnet... et sursauta : *1, 8, 1, 2, 4, 7...* Bon sang ! Les mêmes chiffres qu'au téléphone...

Aucun doute, la liste de chiffres que lui avait dictée M. Hyacinthe avait un rapport avec l'affaire Parnaud. Mais quel rapport ?... Sentant une présence derrière lui, Pierre tourna la tête et surprit le regard de p'tit Louis. Le vagabond avait perdu subitement son regard d'ivrogne. Ses yeux, fixés sur le calepin, étaient clairs, pénétrants. Mais ceci ne dura qu'une fraction de seconde.

— Au fait, p'tit Louis, maintenant que la voiture est retrouvée, je n'ai plus besoin de votre déclaration...

— Voyons, capitaine ! vous n'allez pas laisser tomber p'tit Louis comme ça... Vous allez où ?

— A Tours, répondit trop rapidement Pierre.

— Ça tombe bien, c'est justement là que je vais.

— C'est bon. Repartons.

En silence, ils traversèrent Orléans, puis Blois. P'tit Louis avait calé sa musette contre la vitre en guise d'oreiller et semblait dormir. Pierre

67

s'interrogeait : avait-il vraiment affaire à un vagabond ? Si oui, comment l'homme avait-il pu se
trouver sur les lieux de l'accident sans que personne l'ait vu venir ? Pourtant le déguisement
— si déguisement il y avait — était superbe ;
jusqu'à cette respiration bruyante qui sentait le
clochard « grand teint ». Pierre freina brusquement.

— Allez, p'tit Louis, intima le conducteur,
enlève tes chaussures et tes chaussettes. Et tout
de suite.

Le ton menaçant du jeune homme ne laissait
pas d'alternative au vagabond. Ses pieds apparurent, d'une miraculeuse blancheur.

— Ben quoi, capitaine, fit p'tit Louis, vous avez
jamais vu des pieds propres ?... Je ne voyage
bien que comme ça ; autrement je blesse.

— Nous verrons ça tout à l'heure à Tours. Vous
vous expliquerez d'un certain nombre de choses
dans le bureau du juge d'instruction...

— Vous croyez qu'ils s'intéresseront à mes
pieds ?

— Ce que je peux vous assurer, c'est que si
vous êtes complice ça vous coûtera cher.

La fin du voyage fut éprouvante. Chacun des
deux hommes se sentait épié par l'autre. Rue
Nationale, dans Tours, profitant d'un feu rouge,
p'tit Louis ouvrit brusquement la portière et se
jeta dehors. Pierre, qui pourtant s'attendait à une
manœuvre de ce genre, n'eut que le temps de
retenir la musette du vagabond, qui se perdit
parmi les passants.

Dix minutes plus tard, la mine piteuse, Pierre
se présentait devant le juge Dabezies.

— Comment, monsieur, fit sévèrement ce dernier après que Pierre l'eut informé de ses mésa-

ventures, parce que votre patron s'endort, qu'une voiture vous tamponne et qu'un clochard se lave les pieds, vous venez me raconter qu'il s'agit d'une conspiration ? Je croyais que M. Hyacinthe choisissait ses adjoints avec plus de sérieux ! Qui me prouve qu'un dossier accablant pour M. Parnaud se trouvait bien dans la serviette que vous me présentez ?

M. Parnaud, détendu et souriant, offrait l'image même de la respectabilité. Rougeaud, la bedaine confortable du commerçant aisé, l'homme ponctuait les paroles du juge par des soupirs affectés, des regards au plafond, de douloureux hochements de tête. Pierre essaya de discuter :

— Je maintiens mes allégations, monsieur le Juge. M. Parnaud est l'instigateur de toutes ces manœuvres destinées à cacher ses forfaits...

— Mais il me faut des preuves pour inculper ! M. Hyacinthe peut-il prouver qu'il a été endormi? non... Pouvez-vous faire déposer votre mystérieux vagabond ? non... En ce qui concerne l'entrepôt, vu l'absence de documents, je ne puis qu'ordonner un non-lieu.

Pierre tenta une dernière manœuvre :

— 1, 8, 1, 2, 4, 7 ! lança-t-il. Cela vous dit quelque chose, monsieur le Juge?

— Non, pourquoi ?

— Oh ! je ne sais pas, je ne sais plus.

Le juge Dabezies échangea un regard avec Parnaud comme pour le prendre à témoin de la folie de Pierre. Le téléphone sonna, le juge répondit.

— Qui ?... Ah ! c'est bon, introduisez.

L'huissier fit entrer dans le bureau un homme jeune, élégant, qui se présenta en souriant :

— Louis Petit, monsieur le Juge, inspecteur à la Compagnie générale de garantie.

69

— P'tit Louis, s'écria Pierre en reconnaissant la voix, mon clochard !

— J'attends vos explications, monsieur, interrompit le juge.

— Il y a deux ans, reprit Louis Petit, la Compagnie générale de garantie a dû régler une somme très importante pour un sinistre survenu dans des conditions mal définies... Il s'agissait d'un entrepôt dirigé par un certain Geoffré. J'ai été chargé par la compagnie de suivre cette affaire et le dossier est resté en suspens... Imaginez l'intérêt que j'ai pris à la lecture des journaux lorsque j'ai su qu'un entrepôt venait de brûler près de Tours et que celui-ci avait pour directeur un nommé Geoffré !... Ça ne vous dit rien, monsieur Parnaud ?

— Je ne connais personne de ce nom.

Le juge interrogea Pierre :

— Vous connaissez Geoffré, monsieur Blondel?

— Non, monsieur le Juge.

— Mais si, coupa Louis Petit, Geoffré est l'homme de paille de Parnaud et c'est lui qui conduisait la Corvair rouge, c'est lui également qui vous a dérobé la serviette. Voilà plusieurs semaines que je suis régulièrement tout ce joli monde. On ne se méfie pas d'un clochard. Quand j'ai vu Geoffré verser discrètement le narcotique dans la tasse de M. Hyacinthe, j'ai pensé qu'il était temps d'agir. J'ai crocheté le coffre de la voiture volée au petit matin par le complice de Geoffré et je m'y suis caché. Au moment de l'accident, j'ai pu quitter le coffre sans être vu. Je n'ai pas dévoilé mon jeu tout de suite... Vous vous êtes douté de quelque chose, monsieur Blondel, et vous m'avez fait quitter mes chaussures. J'avais tout prévu sauf cela !

— C'est bien, monsieur Petit, je vais recueillir votre déposition ; j'entendrai également M. Hyacinthe lorsqu'il sera en état de répondre. Monsieur Parnaud, je suis contraint de procéder à un supplément d'information, fit le juge.

— Je suis étranger à toute cette affaire et mon nom est honorablement connu dans cette ville.

— Votre nom ? coupa Louis Petit.

— Parfaitement, le nom d'Honoré Parnaud est sans reproche !

— Je vous l'accorde. Mais, monsieur le Juge, est-ce que Blondel vous a parlé d'un nombre ? 1, 8, 1, 2, 4, 7 ? Oui ? Eh bien, si M. Hyacinthe en avait juste connaissance, mon enquête m'a permis d'en découvrir la signification... Il s'agit d'une date : le 18-12-47... Vous êtes bien pâle, monsieur... Parnaud... Il y a de quoi : le 18 décembre 1947 décédait officieusement M. Honoré Parnaud, négociant !

— Vous n'avez aucune preuve !

— Silence ! tonna le juge Dabezies. Poursuivez, monsieur Petit.

— M. Honoré Parnaud était seul au monde, sans parents, sans enfants. Il vivait très peu à Tours et ses déplacements étaient fréquents... Il devenait donc facile de se substituer à lui... C'est ce qui s'est passé. Malheureusement, vous avez oublié une chose, monsieur Geoffré... — oui, ce monsieur est le frère du Geoffré qui lui sert de prête-nom — c'est que Parnaud avait une très mauvaise denture et que j'ai retrouvé ses fiches dentaires... ainsi que la fiche signalétique qui mentionne une certaine tache sur le bras gauche.

— Mais, fit le juge, comment est mort M. Parnaud ?

— Dans la catastrophe du Paris-Nice-Casablanca... Accident au décollage... Huit survivants dont... Geoffré qui, pour échapper déjà à la justice, avait réussi à prendre place dans l'avion sous un faux nom... Ce fut un jeu pour lui de s'emparer des papiers d'identité d'Honoré Parnaud... Ainsi l'honnête négociant se trouva-t-il parmi les rescapés... Voudriez-vous nous montrer votre bras gauche, monsieur?

Parnaud se rua vers la porte, mais déjà Louis Petit lui barrait le chemin tandis que Pierre Blondel le ceinturait.

— C'est fort bien joué, messieurs ! fit le juge, lorsque l'escroc fut en lieu sûr. Mais..., monsieur Petit, vous avez vraiment les preuves dont vous nous avez parlé ?

— Non, monsieur le Juge, il n'existait aucune preuve et j'ai dû improviser pour obliger Parnaud à se démasquer. En fait, je ne possédais que la liste des victimes de la catastrophe...

Philippe DERREZ et Serge PETROF.

Les cinq pépins d'orange

A la fin du mois de septembre, les tempêtes d'équinoxe faisaient rage ; leur violence était exceptionnelle. Toute la journée le vent avait hurlé et la pluie avait battu les fenêtres. Même en plein cœur de Londres, nous étions contraints de hisser nos pensées au-dessus de la routine quotidienne et de nous soumettre à la présence de ces grandes forces élémentaires qui s'attaquent à l'homme à travers les barreaux de la civilisation.

Au fur et à mesure que la nuit approchait, la tempête grandissait : le vent sanglotait dans la cheminée comme un enfant en pénitence. Maussade, Sherlock Holmes était assis à côté du feu et mettait à jour ses notes tandis que je me délectais dans les belles histoires d'aventures en mer de Clark Russell. Le grondement de la tempête à l'extérieur s'harmonisait parfaitement avec le texte et les rafales de pluie se mêlaient au clapotis des vagues. Ma femme était allée passer quelques jours chez sa tante ; pendant son absence, j'avais repris mes anciens quartiers à Baker Street.

— Quoi ! dis-je en levant les yeux vers mon compagnon. La sonnette? Qui peut venir par cette soirée? Un ami à vous, peut-être?

— En dehors de vous, je n'ai pas d'amis, répondit-il.

— Un client, alors?

— Si c'est un client, son affaire est grave. Par un tel jour, et à une telle heure, seule une chose grave peut obliger un homme à sortir de chez lui... Plus vraisemblablement, il s'agit d'une commère qui vient bavarder avec la logeuse.

Sherlock Holmes se trompait. Des pas résonnèrent dans le couloir et on frappa à la porte. Il étendit son bras interminable pour détourner la lampe ; il ne se souciait plus qu'elle l'éclairât, mais il avait fort besoin qu'elle sortît de l'ombre la chaise libre sur laquelle s'assiérait le nouveau venu.

— Entrez !

L'homme qui pénétra ainsi chez Sherlock Holmes était jeune : vingt ou vingt-deux ans au plus. Il était habillé proprement, et même avec recherche. Son allure indiquait du raffinement et de la délicatesse de mœurs. Le parapluie ruisselant qu'il tenait à la main et son imperméable luisant en disaient long sur la violence des intempéries qu'il avait dû affronter. Sous la lumière de la lampe, il regarda autour de lui ; son anxiété était visible : il était pâle, il avait les yeux lourds d'un homme sur qui l'angoisse vient de s'abattre.

— Je vous dois des excuses ! dit-il en portant un lorgnon d'or à ses yeux. J'espère que je ne suis pas importun. De toute façon, je crains d'avoir apporté quelques traces de la tempête dans cette chambre confortable.

— Donnez-moi votre manteau et votre parapluie, dit Holmes. Je vais les suspendre au portemanteau et ils seront bientôt secs. Vous venez du Sud-Ouest, n'est-ce pas ?

— Oui, de Horsham.

— Ce mélange de glaise et de chaux que je

vois sur vos chaussures est tout à fait reconnaissable.

— Je suis venu pour un conseil.

— Facile !

— Et pour être aidé.

— Pas toujours aussi facile !

— J'ai entendu parler de vous, monsieur Holmes. Le major Prendergast m'a assuré que vous étiez capable de résoudre n'importe quel problème.

— Il a exagéré.

— Que vous n'avez jamais été vaincu.

— J'ai été battu quatre fois : trois fois par des hommes, une fois par une femme.

— Ce n'est rien en comparaison du nombre de vos réussites.

— Il est vrai que généralement je réussis.

— Alors vous pouvez réussir avec moi, peut-être ?

— Rapprochez donc votre chaise du feu, je vous prie... Maintenant, ayez l'obligeance de m'expliquer votre affaire.

— Elle n'est pas banale.

— Quand on me soumet une affaire, c'est qu'elle n'est pas banale. Je représente en quelque sorte le recours suprême.

— Et pourtant, monsieur, je me demande si, au cours de toutes vos expériences, vous avez vu une succession d'événements plus mystérieux et inexplicables que ceux qui sont survenus dans ma famille !

— Vous aiguisez ma curiosité, dit Holmes. Voudriez-vous me narrer les faits essentiels depuis le commencement ? Ensuite je pourrai vous poser quelques questions sur des détails qui me sembleraient importants.

Le jeune homme poussa sa chaise près du feu et posa ses pieds mouillés sur les chenets.

— Je m'appelle, dit-il, John Openshaw. Mais personnellement je n'ai pas grand-chose à voir, me semble-t-il, dans les circonstances dramatiques que je vais vous conter.

» Mon grand-père avait deux fils : mon oncle Elias et mon père Joseph. Mon père possédait une petite usine à Coventry ; il la développa lorsque la bicyclette prit l'essor que vous connaissez. Il déposa un brevet du pneu increvable Openshaw, et son affaire prospéra tant et si bien qu'il la vendit et se retira avec une jolie fortune.

» Mon oncle Elias émigra en Amérique lorsqu'il n'était que jeune homme ; il devint planteur en Floride où il réussit très bien. Pendant la guerre de Sécession, il combattit dans l'armée de Jackson, puis sous Hood ; il conquit le grade de colonel. Quand Lee capitula, mon oncle retourna à sa plantation où il demeura trois ou quatre années. Vers 1869 ou 1870, il revint en Europe et il acheta un petit domaine dans le Sussex près de Horsham. Aux Etats-Unis, il avait amassé une fortune considérable ; il n'avait quitté l'Amérique qu'en raison de sa répugnance pour les Noirs et de son désaccord avec la politique qui tendait à leur accorder le droit de vote.

» C'était un homme singulier : ardent, irascible, grossier quand la colère l'empoignait ; farouche et réservé à la fois. Pendant les nombreuses années qu'il passa à Horsham, je ne crois pas qu'il ait jamais mis les pieds en ville. Autour de sa maison, il y avait un jardin, avec deux ou trois champs ; quand il désirait prendre de l'exercice, c'était là qu'il marchait à grandes enjambées ; mais il lui arrivait souvent de ne pas quitter sa chambre de plusieurs semaines. Il buvait du cognac en fortes rasades, fumait beaucoup, mais ne voyait personne : il n'avait pas besoin d'amis et son propre frère ne lui manquait pas.

» Il ne s'était jamais occupé de moi, quand brusquement une fantaisie l'y décida : je l'avais vu pour la première fois en 1878, j'avais douze ans à peu près, et lui était en Angleterre depuis huit ou neuf années. Il demanda à mon père de me laisser vivre avec lui, et il se montra très gentil à sa manière. Quand il était à jeun, il aimait que nous jouions ensemble aux dames ou au jacquet ; il me déléguait pour le représenter auprès des domestiques ou des commerçants. A seize ans, j'étais devenu le maître de la maison. C'était moi qui détenais toutes les clefs, je faisais ce que je voulais, j'allais où je voulais ; une seule condition : que je ne le dérange pas dans ses appartements. Il y avait cependant une exception : une chambre, une sorte de cabinet de débarras sous les toits, qui était constamment verrouillée, et l'entrée en était condamnée à moi comme à quiconque. Avec la curiosité d'un gamin, j'avais collé mon œil contre le trou de la serrure, mais je n'avais vu qu'une collection de vieilles malles et de caisses : tout à fait le décor qui convenait à une chambre comme celle-là.

» Un jour, c'était en mars 1883, une lettre cachetée et affranchie avec un timbre étranger fut déposée sur la table devant l'assiette du colonel. Il ne recevait guère de lettres, car il payait toujours argent comptant et n'avait point d'amis.

» — Une lettre des Indes ! dit-il en s'en emparant. Avec le cachet de Pondichéry ! Que diable me veut-on là-bas ?

» Il l'ouvrit en hâte ; et de l'enveloppe sautèrent

cinq petits pépins d'orange séchés qui s'éparpillèrent sur son assiette. Je me mis à rire, mais mon rire se figea devant le bouleversement de sa physionomie : bouche ouverte, yeux écarquillés, teint couleur de chaux, il contemplait l'enveloppe qu'il tenait encore dans sa main tremblante.

» — K. K. K., cria-t-il. Dieu, mon Dieu, mes péchés m'ont rattrapé !

» — Qu'est-ce que c'est, mon oncle ? demandai-je.

» — La mort ! répondit-il.

» Il se leva de table et se retira dans sa chambre ; je palpitais d'horreur. Je me saisis néanmoins de l'enveloppe, et je lus, griffonnée à l'encre rouge sur l'intérieur de la patte, juste au-dessus de la colle, la lettre K répétée trois fois. Il n'y avait rien d'autre, sauf les cinq pépins séchés. Pourquoi donc une pareille terreur ? Je quittai la table et je montai l'escalier, mais je le rencontrai qui descendait ; dans une main il avait une vieille clef rouillée qui devait être celle du cabinet de débarras, et dans l'autre une petite boîte de cuivre, une sorte de caissette.

» — Ils peuvent tenter ce qu'ils veulent, mais je les ferai quand même échec et mat ! clama-t-il en poussant un juron. Dis à Mary que je veux du feu aujourd'hui dans ma chambre, et envoie chercher Fordham, l'homme de loi de Horsham.

» J'exécutai ses ordres. Quand arriva l'homme de loi, je fus prié de monter dans sa chambre. Le feu était allumé ; dans la grille, il y avait un tas de cendres noirâtres et légères, comme des cendres de papier consumé ; à côté, la caissette était ouverte et vide, mais je ne pus réprimer un sursaut quand je vis sur le couvercle la lettre K répétée trois fois.

» — Je t'ai appelé, John, me dit mon oncle, pour que tu sois le témoin de mon testament. Je lègue mes biens, avec tout ce qu'ils comportent de bon et de moins bon, à mon frère, ton père, dont inévitablement tu hériteras. Si tu peux en profiter, bravo ! Mais si tu t'aperçois que tu ne peux pas en jouir en paix, alors, mon enfant, suis mon conseil ; cède-le à ton pire ennemi. Je suis désolé de t'offrir un cadeau à double tranchant, mais j'ignore comment tourneront les choses. Veux-tu signer ce papier à l'endroit que t'indique M. Fordham ?

» J'apposai ma signature comme on me l'indiqua et l'homme de loi emporta le document. Comme vous pouvez le supposer, cet incident bizarre m'avait fortement impressionné : je tournais ses phrases dans ma tête, mais j'étais bien incapable d'en déduire quoi que ce fût ! Je ne parvenais pas à me délivrer d'un vague sentiment d'épouvante qui allait cependant s'affaiblissant, certes, au fur et à mesure que passaient les semaines et que rien ne survenait pour modifier la routine de notre existence.

» Tout de même, je notai un changement chez mon oncle : il buvait plus que jamais et il éprouvait de moins en moins de goût pour la société. Il passait la plupart du temps dans sa chambre, dont il verrouillait soigneusement la porte derrière lui. Mais parfois il surgissait, en proie à un véritable délire d'ivrogne, il fonçait hors de la maison, arpentait le jardin avec un revolver à la main, hurlant qu'il n'avait peur de personne et qu'il ne se laisserait pas enfermer, fut-ce par le diable, comme une poule dans une cage. Quand sa frénésie était tombée, il se précipitait vers la porte, la fermait et la barricadait comme

81

un homme qui ne pouvait plus crâner devant une terreur qui le possédait jusqu'au fond de son âme. Dans de tels moments, j'ai vu son visage trempé de sueur comme s'il l'avait plongé dans une cuvette.

» Eh bien, pour en finir, monsieur Holmes, et pour ne pas abuser de votre patience, une nuit vint où il se livra à l'une de ces explosions d'ivrogne, mais il y laissa la vie. Quand nous partîmes à sa recherche, nous ne tardâmes pas à le découvrir tête la première dans un petit étang à l'eau verte, au bas du jardin. On ne décela sur son corps aucune trace de violence, et l'eau n'avait pas plus de soixante centimètres de profondeur : aussi le jury, étant donné l'excentricité bien connue de mon oncle, prononça un verdict de suicide. Mais moi, qui n'ignorais pas comme il grinçait des dents à la seule pensée de mourir un jour, j'avais bien du mal à me persuader qu'il avait cherché volontairement la mort. L'affaire passa, cependant, et mon père entra en possession du domaine et de quelque quatorze mille livres sterling qu'il déposa à son compte en banque.

— Un instant, intervint Holmes. Votre déclaration est, je crois, l'une des plus remarquables que j'aie jamais entendues. A quelle date votre oncle reçut-il la lettre, et à quelle date se... suicidat-il ?

— La lettre arriva le 10 mars 1883. Il mourut sept semaines plus tard, au cours de la nuit du 2 mai.

— Merci. Je vous prie, poursuivez.

— Quand mon père prit possession de la propriété de Horsham, il procéda, à ma requête, à un examen minutieux du cabinet mansardé qui était resté fermé à clef. Nous y trouvâmes la caissette de cuivre, bien que son contenu eût été détruit. A l'intérieur, il y avait une étiquette de papier, et les initiales K. K. K. y étaient reproduites, ainsi que les mots « Lettres, carnets, reçus, registres » écrits au-dessous et qui indiquaient sans doute la nature des papiers détruits par le colonel Openshaw. Le reste de ce qui se trouvait dans le cabinet ne présentait aucun intérêt, à l'exception de calepins et de journaux en vrac ayant trait à la vie de mon oncle en Amérique. Quelques-uns dataient de la guerre et témoignaient qu'il avait fait tout son devoir, qu'il était réputé comme un brave. D'autres se rapportaient à l'époque de la reconstruction des Etats du Sud, et ils traitaient presque tous de politique, puisqu'il avait pris une part fort active dans l'opposition aux candidats originaires du Nord.

» Au début de 1884, mon père vint s'établir à Horsham, et tout alla pour le mieux jusqu'au mois de janvier 1885. Le quatrième jour de l'année, j'entendis mon père pousser un cri de surprise pendant que nous prenions place à table. Je le vois encore, assis, tenant dans une main une enveloppe qu'il venait d'ouvrir et, posés sur la paume de son autre main, cinq pépins d'orange séchés. Il avait toujours ri de ce qu'il appelait une invention de ma part, mais il devint très sérieux et embarrassé par ce qui lui arrivait à lui.

» — Que diable, qu'est-ce que cela signifie, John ? s'écria-t-il.

» Mon cœur s'était arrêté de battre pendant quelques secondes.

» — C'est K. K. K., dis-je.

» Il regarda l'intérieur de l'enveloppe et s'écria :

» — C'est vrai ! Vois, ce sont les mêmes

lettres... Mais qu'y a-t-il d'écrit donc au-dessus ?

» — *Mettez les papiers sur le cadran solaire,* lus-je, penché sur son épaule.

» — Mais quels papiers ? quel cadran solaire ? demanda-t-il.

» — Le cadran solaire est dans le jardin : il n'y en a pas d'autre ! répondis-je. Quant aux papiers, il doit s'agir de ceux qui ont été détruits.

» — Peuh ! dit-il en prenant son courage à deux mains. Nous sommes ici dans un pays civilisé et nous ne nous laisserons pas influencer par une bouffonnerie de cette espèce. D'où vient la lettre ?

» — De Dundee.

» — Quelque farce absurde, dit-il. Qu'ai-je à voir avec le cadran solaire et les papiers ? Je ne tiendrai aucun compte de cette idiotie !

» — Vous devriez avertir la police !

» — Pour que je sois la risée du pays ? Jamais de la vie !

» — Laissez-moi l'avertir, moi !

» — Non, je te l'interdis. Je ne veux pas d'histoires pour une imbécillité semblable.

» Comme il était très entêté, je compris, je n'avais pas lieu d'insister. Mais mon cœur demeura lourd.

» Trois jours après l'arrivée de cette lettre, mon père partit pour aller chez l'un de ses vieux amis, le major Freebody, qui commande l'un des forts dominant Portsdown Hill. J'étais heureux qu'il se fût décidé à cette visite, car il me semblait qu'au loin il serait moins en danger qu'à la maison. En quoi je me trompais. Au deuxième jour de son absence, je reçus un télégramme du major, m'enjoignant de venir immédiatement. Mon père était tombé dans une carrière de craie ; il y en avait beaucoup dans les environs. On l'avait relevé inanimé, le crâne fracassé. J'arrivai au plus vite, mais il mourut sans avoir repris connaissance. Selon toutes apparences, il revenait de Fareham au crépuscule : il ne connaissait pas la région ; la carrière de craie n'était pas clôturée. Sans hésiter, le jury rapporta un verdict de mort par accident. J'eus beau reprendre un à un les faits en rapport avec sa mort, je dus m'avouer incapable de trouver la moindre chose qui pût suggérer une idée de meurtre. Aucune trace de violences, pas d'empreintes, il n'avait point été dévalisé, on n'avait pas remarqué d'étrangers rôdant sur les routes. Ai-je besoin de vous dire que mon esprit n'en trouva pas la paix pour cela, et que je demeurai persuadé qu'il avait été victime d'un invraisemblable complot ?

» C'est sous ces sinistres auspices que je pris possession de mon héritage. Vous vous demandez sans doute pourquoi je ne m'en suis pas débarrassé ? Tout simplement parce que j'étais sûr que nos malheurs provenaient de quelque incident dans la vie de mon oncle ; le danger serait donc aussi menaçant n'importe où.

» Mon père avait trouvé la mort en janvier 1885. Deux années et huit mois s'écoulèrent : j'avais vécu tranquille à Horsham et je commençais à espérer que la malédiction ne pèserait plus sur notre famille, qu'elle avait été levée avec la disparition tragique de la génération précédente. Cependant je m'étais rassuré trop vite ; hier matin, le destin frappa à ma porte, comme il l'avait fait pour mon pauvre père.

Le jeune homme tira de sa veste une enveloppe froissée ; il la vida sur la table : cinq petits pépins d'orange séchés en tombèrent.

— Voici l'enveloppe, poursuivit-il. Le cachet

de la poste indique Londres, secteur est. A l'intérieur, il y a les mêmes mots qui furent écrits à
mon père : K. K. K., puis *Mettez les papiers sur
le cadran solaire.*

— Qu'avez-vous fait ? s'enquit Holmes.

— Rien.

— Rien ?

— Pour tout vous dire, murmura-t-il en cachant
son visage dans ses mains, je me suis senti déses-
péré ! Pareil à l'un de ces pauvres lapins hypno-
tisés par un serpent. J'ai l'impression d'être tombé
au pouvoir d'une divinité inexorable, à laquelle
il est impossible de résister, et contre laquelle
aucune précaution ne me protégera.

— Tut ! Tut ! s'écria Sherlock Holmes. Il faut
agir, mon ami, ou vous êtes perdu ! Seule l'énergie peut vous sauver. Ce n'est pas le moment
de sombrer dans le désespoir !

— J'ai vu la police.

— Ah ?

— Ils m'ont écouté avec le sourire aux lèvres.
Je suis persuadé que l'inspecteur a son opinion
toute faite : les lettres sont autant de farces ;
quant à la mort de mon oncle et à celle de mon
père, simples accidents ! Les jurys n'ont-ils pas
conclu dans ce sens ? Ces décès sont certainement
sans aucun lien avec les avertissements.

Holmes claqua ses deux mains en l'air.

— Les imbéciles ! cria-t-il. C'est incroyable !

— Ils m'ont cependant accordé un policeman,
qui demeure chez moi.

— Vous a-t-il accompagné ici ce soir ?

— Non. Il a pour consigne de rester à la maison.

De nouveau les bras de Holmes s'agitèrent dans
l'air.

— Pourquoi êtes-vous venu me voir ? dit-il. Et surtout pourquoi n'êtes-vous pas venu tout de suite ?

— Je ne savais pas. C'est seulement aujourd'hui que j'ai parlé au major Prendergast de mes ennuis, et c'est aujourd'hui qu'il m'a conseillé d'aller vous voir.

— En réalité, voilà deux jours que vous avez reçu la lettre. Nous aurions dû agir, déjà ! Vous n'avez aucune autre indication, je suppose, aucun détail suggestif à nous communiquer qui pourrait nous aider ?

— Une seule chose, dit John Openshaw.

Il fouilla dans la poche de son manteau et posa sur la table un morceau de papier décoloré, bleuâtre.

— Le jour où mon oncle a brûlé les papiers, j'ai remarqué que les petits bouts non réduits en cendres étaient de cette couleur particulière. Et sur le plancher de sa chambre j'ai trouvé ce feuillet. Je pense qu'il doit s'agir de l'un des papiers qui, peut-être, a glissé hors de la liasse des autres et a ainsi échappé à la destruction. Mais, en dehors de l'allusion aux pépins, je ne vois pas comment il pourrait nous aider. Je crois que c'est une page de quelque agenda personnel. Incontestablement, l'écriture est celle de mon oncle.

Holmes déplaça la lampe ; nous nous penchâmes au-dessus du feuillet ; un côté déchiré témoignait qu'il avait été arraché d'un carnet. En tête, il y avait « Mars 1869 » ; en dessous, ces notes énigmatiques :

« 4. Hudson est venu. Même vieux programme.
» 7. Envoyé pépins à McCauley, Paramore, et Swain de Ste Augustine.
» 9. McCauley compris.

» 10. Swain compris.

» 12. Visité Paramore. Tout bien. »

— Merci ! dit Holmes en repliant le feuillet et en le rendant à notre visiteur. Et maintenant vous n'avez plus sous aucun prétexte à perdre du temps. Même pas le temps de discuter sur ce que vous m'avez dit. Il faut rentrer chez vous, tout de suite, et agir.

— Que dois-je faire ?

— Il n'y a qu'une chose à faire. Et vous la ferez immédiatement. Vous mettez ce feuillet de papier dans la caisse de cuivre que vous nous avez décrite. Vous mettrez dedans aussi une lettre disant que tous les autres papiers ont été brûlés par votre oncle et que celui-ci est le seul qui reste. Employez les mots qui arracheront la conviction de celui qui vous lira. Une fois ceci accompli, mettez aussitôt la boîte sur le cadran solaire, comme on vous l'a ordonné. Comprenez-vous ?

— Oui.

— Pour l'instant, ne pensez pas à vous venger ou à quoi que ce soit d'analogue. Je pense que nous pourrons gagner par des moyens légaux ; mais nous avons à confectionner notre filet, tandis que le leur est déjà tendu. Il s'agit d'abord d'éloigner le danger qui vous menace. Ensuite nous éluciderons ce mystère, et nous punirons les coupables.

— Je vous remercie, dit le jeune homme qui se leva et enfila son imperméable. Vous m'avez redonné de l'espoir et du courage. J'agirai comme vous me l'avez conseillé.

— Ne perdez pas un instant. Et surtout faites attention à vous dans l'intervalle : car sans aucun doute un danger grave et imminent plane sur vous. Comment rentrez-vous ?

— Par le train depuis Waterloo.

— Il n'est pas encore neuf heures. Les rues ne sont donc pas désertes, aussi je pense que vous ne risquez rien. Pourtant vous ne vous garderez jamais trop !

— Je suis armé.

— Bon. Demain je m'attaque à votre affaire.

— Vous verrai-je à Horsham ?

— Non. Le secret se dissimule dans Londres. C'est à Londres que j'essaierai de le percer.

— Alors, je viendrai vous voir dans un ou deux jours, et je vous porterai des nouvelles au sujet de la boîte et des papiers. Pour tout ce qui pourra survenir, je m'en remets complètement à vous.

Il nous serra la main et prit congé. Dehors le vent continuait de hurler, la pluie de battre nos vitres. On aurait dit que cette histoire étrange, sauvage, nous avait été apportée par la folie étrange des éléments déchaînés.

Sherlock Holmes demeura assis en silence ; sa tête était penchée en avant, ses yeux baissés sur les lueurs rouges du feu. Puis il alluma sa pipe, cala son dos dans le fauteuil et contempla les anneaux bleus de la fumée qui se pourchassaient jusqu'au plafond.

— Je crois, Watson, dit-il enfin, que voilà l'affaire la plus fanstastique que nous ayons eu à résoudre.

— Sauf, peut-être, le *Signe des quatre*.

— Bon. Oui. Sauf, peut-être, cela. Et cependant ce John Openshaw me paraît environné de périls plus grands que ceux auxquels les Sholtos avaient affaire.

— Mais vous êtes-vous formé une idée précise de ces périls ?

— Quant à leur nature, la question ne se pose pas.

— Alors quels sont-ils ? Qui est ce K. K. K. et pourquoi s'acharne-t-il sur cette famille malheureuse ?

Sherlock Holmes ferma les yeux et plaça les coudes sur les bras de son fauteuil en rassemblant les extrémités de ses dix doigts.

— Le logicien idéal, dit-il, une fois qu'il lui a été montré un simple fait sous tous les angles, devrait en déduire non seulement tout l'enchaînement des événements qui l'ont enfanté, mais encore tous les effets qu'il enfantera lui-même. De même que Cuvier pouvait reconstituer correctement un animal entier d'après un seul os minutieusement observé, de même l'observateur, s'il a bien étudié un fait dans une série d'incidents, devrait être capable d'énoncer ceux qui l'ont précédé et ceux qui lui succéderont. Nous ne nous sommes pas encore rendu compte des résultats que peut obtenir la raison seule. Des problèmes, qui avaient dérouté tous ceux qui en avaient cherché la solution par l'exercice des sens, ont pu être résolus en cabinet par la réflexion. » Pour porter un tel art, cependant, à son plus haut degré de perfection, il est nécessaire que le logicien soit capable d'utiliser tous les faits connus ; ce qui implique de sa part des connaissances très étendues, si étendues même que, malgré cette époque de libre éducation et d'encyclopédies, rares sont ceux qui les possèdent ! Mais je ne crois pas impossible qu'un homme parvienne à acquérir la somme de connaissances indispensables à son travail ; en tout cas, je me suis efforcé, moi, de l'acquérir !... Si ma mémoire est bonne, vous avez défini un jour mes limites avec une précision très mathématique.

— Oui, répondis-je en riant. En philosophie, en astronomie et en politique, je vous avais noté zéro, je m'en souviens. En botanique, irrégulier. En chimie, excentrique...

Holmès sourit de toutes ses dents.

— Soit, dit-il... Pour en revenir à l'affaire qui nous a été soumise ce soir, nous n'aurons pas trop de toutes nos réserves de matière grise. Voulez-vous me passer la lettre K de l'Encyclopédie américaine? elle est sur le rayon à côté de vous. Merci. A présent, considérons la situation, et voyons ce qui peut en être déduit. Premièrement, il existe une forte présomption pour que le colonel Openshaw ait eu un motif très sérieux pour quitter l'Amérique : parvenus à un âge mûr, les hommes changent rarement leurs habitudes et ne délaissent pas volontiers le bénéfique climat de la charmante Floride pour mener une vie solitaire dans une ville de province, fût-ce en Angleterre. Cette manie de la solitude dans son pays natal tendrait à suggérer qu'il avait peur de quelqu'un ou de quelque chose : prenons donc comme hypothèse de travail que le colonel Openshaw a fui l'Amérique par peur de quelqu'un ou de quelque chose. De quoi avait-il peur ? A cette question, nous ne possédons en fait d'éléments de réponse que les lettres inouïes reçues par lui-même et ses successeurs. Avez-vous fait attention aux cachets postaux de ces lettres ?

— La première était timbrée de Pondichéry. La seconde de Dundee. La troisième de Londres.

— De Londres, secteur est. Quelles sont vos déductions ?

— Il s'agit de trois ports de mer. L'expéditeur doit être à bord d'un bateau.

— Très bien ! Nous avons déjà un indice. Sans aucun doute, une probabilité existe, une grosse probabilité, que l'expéditeur des lettres — donc leur auteur — ait été à bord d'un bateau. Considérons maintenant un autre point. Dans le cas de Pondichéry, sept semaines s'écoulèrent entre la menace et sa réalisation. Dans le cas de Dundee, il n'y eut que trois ou quatre jours seulement. Cela ne vous dit rien ?

— La distance à franchir était plus longue.

— Mais la lettre avait aussi une grande distance à franchir.

— C'est vrai ! Alors je ne vois pas...

— Il y a au moins une présomption pour que le bateau sur lequel se trouvait l'homme, ou les hommes, soit un voilier. Tout s'est passé comme s'ils envoyaient toujours leurs singuliers avertissements au-devant d'eux, lorsqu'ils partaient pour leur mission. Voyez comme l'acte a promptement suivi le message quand celui-ci a été expédié de Dundee. S'ils étaient venus de Pondichéry à bord d'un vapeur, ils seraient arrivés presque en même temps que leur lettre ; mais sept semaines se sont écoulées. Je pense que ces sept semaines représentent la différence entre le bateau-poste qui apporta la lettre et le voilier qui amena son auteur.

— C'est bien possible !

— Plus que possible : probable. Vous comprenez maintenant l'urgence mortelle qu'il y a à régler cette nouvelle affaire et pourquoi j'ai pressé le jeune Openshaw de prendre toutes précautions. Chaque fois le coup est tombé juste à l'expiration du délai nécessaire aux expéditeurs pour franchir la distance. Mais cette fois la lettre est timbrée de Londres : nous ne pouvons donc plus compter sur le moindre délai.

— Mon Dieu ! m'écriai-je. Mais que signifie donc cette persécution ?

— Les papiers que détenait Openshaw sont certainement d'une importance vitale pour la personne, ou les personnes, à bord de ce voilier. Je crois évident qu'ils sont plusieurs. Un homme seul n'aurait pu commettre deux crimes bien maquillés pour abuser un jury. Ils doivent être plusieurs, et ce sont des hommes aussi hardis qu'inventifs. Ils veulent reprendre leurs papiers, quel qu'en soit le détenteur. Vous comprenez donc que K.K.K. cesse d'être les initiales d'un individu pour devenir le symbole d'une association.

— Mais laquelle, Holmes ?

— N'avez-vous jamais entendu parler... (ici Sherlock Holmes baissa la voix et se pencha vers moi) du Ku Klux Klan?

— Jamais !

Holmes feuilleta le livre qu'il avait posé sur ses genoux :

— Voici ! dit-il. « Ku Klux Klan : nom dérivé d'une ressemblance imaginaire avec le bruit d'un fusil qu'on arme. Cette terrible société secrète a été constituée par quelques soldats ex-confédérés dans les Etats du Sud après la guerre de Sécession. Rapidement elle a étendu des ramifications locales dans différentes régions, notamment dans le Tennessee, en Louisiane, dans les Carolines, en Géorgie et en Floride.

» Sa puissance a été utilisée pour des desseins politiques, principalement pour terroriser les électeurs noirs, et pour assassiner ou chasser d'Amérique les adversaires de ses idées. Ses violences étaient habituellement précédées d'un avertissement, adressé à l'homme en cause, d'une manière bizarre mais reconnaissable : tantôt une ramille de feuilles de chêne, tantôt des grains de melon ou des pépins d'orange. Lorsqu'il recevait l'avertissement, le destinataire avait le choix entre une abjuration de sa conduite ou la fuite hors de portée. S'il bravait les expéditeurs du message, il trouvait infailliblement la mort, la plupart du temps d'une manière imprévisible et mystérieuse.

» L'organisation de la société est si parfaite et ses méthodes si bien au point qu'on ne connaît pas d'exemple où un homme soit parvenu à lui résister sans être châtié, ni où il ait été possible de remonter du crime à ses auteurs.

» Pendant plusieurs années, l'organisation s'est développée, en dépit des efforts du gouvernement des Etats-Unis et des meilleurs éléments de la communauté du Sud. En fin de compte, le mouvement s'effondra subitement en 1869 ; cependant, depuis cette date, il y a eu quelques recrudescences du même ordre. »

Holmes reposa le volume.

— Vous remarquerez, dit-il, que l'effondrement subit de la société coïncide avec la disparition de Openshaw, qui quitta l'Amérique avec des papiers. Nous tenons peut-être là la cause de l'effet. Il ne faudrait pas s'étonner si lui et sa famille ont eu à leurs trousses quelques-uns des membres les plus implacables du Ku-Klux-Klan. Ce registre et les carnets peuvent contenir les noms ou avoir consigné les actes des premiers associés du Sud ; et certains ne dorment peut-être pas tranquilles.

— La page que nous avons vue...

— Est bien telle que nous devions l'imaginer. Elle contient, pour autant que je me souvienne, « Envoyé les pépins à A, B et C » ; autrement dit : « Envoyé l'avertissement de l'association à tel ou tel. » Puis il est inscrit que A et B ont « compris », probablement parce qu'ils ont quitté le pays. Quant à C, il a été « visité » ; je crains fort que cette visite n'ait eu pour C un résultat sinistre... Eh bien, docteur, je pense que nous pouvons apporter un peu de lumière dans cette obscurité ! Mais je crois aussi que la seule chance qu'ait dans l'intervalle le jeune Openshaw consiste à exécuter mes instructions. Pour ce soir, tenons-nous-en là : il n'y a rien de plus à dire ou à faire. Passez-moi donc, s'il vous plaît, mon violon : et essayons d'oublier pendant une demi-heure ce temps de misère ainsi que le comportement, encore plus misérable, de nos congénères.

Au matin, le ciel s'était amélioré ; le soleil brillait avec un éclat tamisé par le voile de brume qui baignait la ville. Quand je descendis, Sherlock Holmes était déjà attablé pour le petit déjeuner.

— Vous m'excuserez si je ne vous ai pas attendu, dit-il, mais je prévois que j'aurai une journée fort occupée avec cette affaire du jeune Openshaw.

— Que comptez-vous faire ? demandai-je.

— Tout dépendra du résultat de mes premières recherches. Peut-être aurai-je à me rendre à Horsham.

— Vous ne commencez pas par là ?

— Non. Je commence par la City. Sonnez, Watson : la bonne vous apportera votre café.

En attendant, je pris le journal du matin qui n'avait pas encore été déplié, et je l'ouvris. Mes yeux se fixèrent sur un gros titre et mon sang se glaça.

— Holmes ! criai-je. Trop tard !

— Ah ? fit-il en reposant sa tasse. Je m'en doutais ! Qu'est-ce qui est arrivé ?

Il parlait avec calme, mais je vis qu'il était profondément ému.

— J'ai aperçu le nom de Openshaw et le titre : *TRAGEDIE PRES DU PONT DE WATERLOO...* Voici l'article : « Entre neuf et dix heures du soir, l'inspecteur de police Cook de la division H, en service près du pont de Waterloo, entendit crier au secours et le bruit d'une chute dans l'eau. La nuit était très sombre ; la tempête faisait rage. En dépit de l'aide spontanément apportée par des passants, il fut tout à fait impossible de procéder à un sauvetage. L'alerte fut cependant donnée, et grâce à la police fluviale le corps put être repêché. Il fut établi qu'il s'agissait d'un jeune gentleman dont le nom, d'après une enveloppe trouvée dans sa poche, était John Openshaw, de Horsham. Il est probable qu'il devait se presser pour prendre le dernier train de la gare de Waterloo, que, dans sa course, et dans l'obscurité profonde, il perdit son chemin, et qu'il culbuta par-dessus le parapet de l'un des quais d'accostage des vapeurs. Le cadavre ne portait aucune trace de violence. Il ne peut pas être mis en doute que la victime a succombé à un accident malheureux : cette mort devrait attirer l'attention des pouvoirs publics sur la mauvaise protection des quais. »

Un silence tomba. Jamais je n'avais vu Holmes si déprimé ni si secoué.

— Je souffre dans mon orgueil, Watson ! dit-il. C'est un sentiment mesquin, peut-être, mais je

96

souffre dans mon orgueil. J'en fais à partir de maintenant une affaire personnelle ; si Dieu le veut, je liquiderai ce gang. Dire qu'il est venu pour que je l'aide, et que je l'ai envoyé à la mort !...

Il bondit de sa chaise pour arpenter la pièce dans une agitation qu'il ne pouvait maîtriser. Ses joues creuses brûlaient de fièvre ; ses longues mains fines se nouaient et se dénouaient en faisant craquer leurs os.

— Ce sont de fameux démons ! s'exclama-t-il enfin. Comment ont-ils pu l'entraîner là-bas ? Le quai n'est pas sur le chemin direct de la gare. Et le pont était sûrement trop plein de monde malgré le mauvais temps pour que leurs desseins s'accomplissent ! Eh bien, Watson, nous verrons qui gagnera : c'est une épreuve d'endurance ! A présent je sors.

— Vous allez à Scotland Yard ?

— Non. Je serai moi-même ma propre police. Quand j'aurai tissé ma toile, ils prendront les mouches ; mais pas avant !

Je fus occupé toute la journée par mon travail et je ne revins que tard dans la soirée à Baker Street. Sherlock Holmes n'était pas encore rentré. Il fit son apparition vers dix heures : il était pâle et épuisé. Il alla vers le buffet, coupa une tranche de pain et la dévora en se rafraîchissant avec de l'eau fraîche.

— Vous êtes affamé ! lui dis-je.

— Mourant de faim, oui ! J'ai oublié à midi de manger. Je n'ai rien pris depuis le petit déjeuner.

— Rien ?

— Rien. Je n'y ai même pas pensé.

— Et comment cela a-t-il marché ?

— Bien.

— Vous avez une piste ?

— Je les tiens dans le creux de ma main. Le jeune Openshaw n'attendra pas longtemps sa vengeance. Oui, Watson, je vais imprimer sur eux-mêmes leur cachet du diable ! Tout bien réfléchi...

— Que voulez-vous dire ?

Il alla chercher une orange dans le buffet, la divisa en quartiers et exprima les pépins au-dessus de la table. Il en saisit cinq, les enfouit dans une enveloppe. Sur l'intérieur de la patte, il écrivit : « S.H. pour J.C. » Puis il la ferma et mit l'adresse : « Capitaine James Calhoun, barque *Lone Star*, Savannah, Géorgie. »

— Il les trouvera quand il arrivera au port, dit-il en ricanant. Il n'en dormira pas de la nuit. Il y verra un avertissement du destin, exactement comme l'avait vu avant lui le jeune Openshaw.

— Et qui est le capitaine Calhoun ?

— Le chef du gang. J'aurai les autres. Mais je veux lui d'abord.

— Comment l'avez-vous dépisté ?

Il tira de sa poche une grande feuille de papier couverte de noms et de dates.

— J'ai passé la journée, dit-il, à compulser les registres des Lloyd's et de vieux fichiers. Je voulais suivre la filière de tous les bateaux qui ont abordé à Pondichéry en janvier et février 1883. Pendant ces deux mois, il y en a eu trente-six. Le *Lone Star* a tout de suite retenu mon attention : certes il était déclaré comme ayant embarqué à Londres ; mais le nom de *Lone Star* est celui qui est donné à l'un des Etats américains.

— Le Texas, je crois.

— Je n'en étais pas sûr, et je n'en suis pas encore sûr. Mais je me doutais que ce bateau avait une origine américaine.

— Ensuite ?

— J'ai compulsé des fichiers concernant **Dun-dee** : et, quand j'ai découvert que la barque *Lone Star* y avait fait escale en janvier 1885, mes soupçons se sont mués en certitude. Je me suis alors renseigné sur les bateaux qui mouillent à présent dans le port de Londres.

— Oui ?

— Le *Lone Star* est arrivé la semaine dernière. Je suis allé sur le quai Albert et on m'a informé qu'il était reparti ce matin avec la première marée à destination de Savannah. J'ai télégraphié à Gravesend, et j'ai appris qu'il venait de passer. Comme le vent souffle d'est, je pense qu'il a franchi les Goodwins et qu'il n'est pas très loin de l'île de Wight.

— Qu'allez-vous faire ?

— Oh ! ma main est sur Calhoun. Lui et ses deux seconds sont, paraît-il, les deux seuls Américains du bateau. Les autres sont finlandais ou allemands. Je sais d'autre part qu'ils n'étaient pas à bord hier au soir. C'est l'arrimeur qui me l'a dit, celui qui chargeait leur cargo. Pendant que leur voilier fera route vers Savannah, le bateau-poste transportera cette lettre et un câble informera la police de Savannah que ces trois gentlemen sont réclamés ici pour y répondre d'un crime.

Il y a toujours une faille, dans les plans humains les mieux établis : jamais les meurtriers de John Openshaw ne reçurent les pépins d'orange. La lettre leur aurait pourtant prouvé que quelqu'un, aussi rusé et hardi qu'eux-mêmes, était sur leur piste. Mais cette année-là les tempêtes d'équinoxe durèrent très longtemps avec une violence extrême. Nous attendîmes en vain de Savannah des nouvelles du *Lone Star,* mais aucune ne nous parvint. Finalement nous apprîmes que quelque part, très loin dans l'Atlantique, un étambot brisé avait été aperçu entre deux vagues et que les lettres « L. S. » y étaient gravées. Voilà tout ce que nous sûmes du destin du *Lone Star.*

Conan DOYLE.

La courte échelle

D'invisibles cigales crissaient sans fin ; le soleil était haut dans le ciel sans nuages, le sentier raide et caillouteux. Le lieutenant de gendarmerie Masson regrettait de ne pas avoir pris la voiture.

— Cartassec, dit-il au gendarme qui l'accompagnait, c'est encore loin ?

Le gendarme Cartassec fit halte, ôta son képi pour s'éponger le front et jeta un coup d'œil sur le paysage. Partout des oliviers, des vignes et, çà et là, quelques fermes à flanc de coteau.

— On arrive, mon lieutenant. La ferme des Balazuc est juste derrière les châtaigniers.

Aucun des deux hommes n'était originaire de ce joli coin de l'Aveyron. Masson effectuait un stage, au sortir de l'école de gendarmerie de Versailles ; Cartassec venait de Tarbes, ce qui expliquait son accent rocailleux.

La cour de la ferme où ils débouchèrent était vide en ce début d'après-midi.

— J'espère qu'ils ne sont pas en train de faire la sieste, dit Masson en agitant l'antique sonnette.

Le tintement grêle déclencha un bruit de voix à l'étage et des pas dans l'escalier. La porte de la ferme s'ouvrit et un chien se mit à aboyer.

— La paix, Grayou !

Marthe Balazuc, une femme courtaude, clignait des yeux, éblouie par la lumière du dehors.

— Bonjour, madame, puis-je voir votre père? demanda le lieutenant.

Tandis que le père Balazuc descendait à son tour, Marthe installait les visiteurs dans la salle basse qui, vu la température extérieure, gardait ses volets tirés. La silhouette de Charles Balazuc se détacha dans la pénombre ; c'était un vieil homme, au menton fuyant, à la poignée de main molle et désagréable. Après les politesses d'usage, le lieutenant Masson exposa l'objet de sa visite :

— Monsieur Balazuc, je voudrais vous poser quelques questions relatives à la mort de votre frère Hubert.

Charles fronça les sourcils. Un mois auparavant, en juin, son frère aîné s'était tué accidentellement en tombant d'une échelle dans la cour de la ferme.

— Pouvez-vous me dire, monsieur Balazuc, enchaîna Masson, si quelqu'un a vu tomber votre frère ?

— Ni vu ni entendu, personne... Il était seul à ce moment-là. C'est Marthe, quand elle est sortie...

Marthe prit la déposition à son compte :

— J'allais au poulailler, je trouve mon oncle étendu, les bras en croix... Dame, j'ai poussé un cri... Mon Dieu, quand on y repense, quel accident bête !

— Et vous n'avez aperçu personne? insista le lieutenant.

— En dehors de Grayou et des poules, personne...

Charles Balazuc se redressa :

— Le médecin a délivré un permis d'inhumer,

lieutenant... Je ne m'explique pas cet interrogatoire.

Le lieutenant Masson sortit de sa poche et lui tendit la lettre anonyme qu'il avait reçue la veille. Composée avec des mots découpés dans le journal local, elle avait curieuse allure. La disparité du format des lettres, leur disposition excentrique déconcertaient et rendaient la lecture difficile. M. Balazuc, ayant chaussé ses lunettes, déchiffrait lentement ; Marthe lisait par-dessus son épaule.

Policiers, gendarmes, on vous *trompe... SCANDALE... c'est* UN MEURTRE... *Hubert victime...* SA NIÈCE COUPABLE... *Ce n'est pas UN* ACCIDENT... J'AI TOUT VU... Justice. *Justice.* JUSTICE.

— Qu'est-ce que c'est que ce torchon imbécile? grommela le vieux campagnard en reposant ses lunettes. Vous accordez un crédit quelconque à de pareilles balivernes ?

— Pas du tout ! Malheureusement, plusieurs personnes du village ont reçu des lettres du même acabit...

— Des lettres anonymes ! Je porte plainte.

Marthe Balazuc, loin de pleurer et de protester de son innocence, avait pris un air buté et maugréait :

— Dommage que mon mari ne soit pas là ! Il prendrait son fusil et on verrait bien si vous avez le droit de venir embêter les gens jusque chez eux.

— Je ne fais que m'informer, madame, sur les circonstances du décès accidentel de votre oncle, reprit Masson en insistant sur le mot *accidentel.* Croyez bien que j'agis dans votre intérêt...

105

— C'est un coup des politiciens ! tempêta Charles ; ils ne m'ont pas pardonné ma candidature au conseil municipal...

— Ne mélangeons pas les genres, voulez-vous, monsieur Balazuc. Répondez simplement à quelques questions et l'affaire sera vite réglée.

Charles Balazuc accepta de mauvaise grâce. Sa fille lui tendit son chapeau et il suivit les deux représentants de la maréchaussée. Tous trois se retrouvèrent au pied de la grange. Le vieux Balazuc expliqua :

— Voilà, c'était ici. L'échelle était posée contre cette ouverture. J'ai tout de suite vu que le barreau du bas, enfin l'avant-dernier, était descellé. Hubert aura glissé, c'est pas difficile à comprendre !

— Peut-on voir l'échelle ? demanda Masson.

— Bien sûr !

Ils pénétrèrent dans la grange. L'échelle était là, accrochée au mur. Le second barreau était neuf.

— Je l'ai fait remplacer, expliqua Balazuc. Un accident suffit.

Masson gardait un visage fermé et sceptique :

— Et votre frère s'est tué en tombant de... soixante centimètres !

— Hein? Croyez-vous que c'est bête !

Le lieutenant Masson se retourna. En face, le portail de la ferme s'ouvrait sur le chemin.

— Quelqu'un, en passant, aurait pu voir la scène.

— Si quelqu'un avait vu mon frère tomber, il aurait crié, donné l'alarme...

Ils retournèrent à la maison. Dans la pénombre de la salle basse, le lieutenant reprit son interrogatoire :

— Votre frère Hubert était veuf, n'est-ce pas ?

— Oui, comme moi. Mais lui n'avait pas d'enfants. Le domaine était à nous deux, maintenant il est à moi seul.

— Et le jour où vous disparaîtrez, comme vous êtes veuf vous aussi...

— Tout revient à Marthe et à son mari.

Le lieutenant se tourna vers Marthe, dont le visage était toujours fermé, hostile.

— Où est votre mari, en ce moment, madame Balazuc ?

— Il est à sulfater nos vignes, au-dessus de la Croix-Saint-Etienne... Attendez seulement qu'il rentre et vous verrez comment il vous raccompagnera au portail...

Agacé, le lieutenant haussa le ton :

— Je n'aime pas du tout vos réponses, madame... Vous êtes tenue d'aider la gendarmerie et non...

Masson n'eut pas le loisir de terminer sa phrase, car la porte s'ouvrit, livrant passage à une femme d'un âge incertain, outrageusement maquillée. Sa tenue endimanchée jurait dans ce décor et son entrée fit évidemment diversion.

— Je vois que je vous dérange, dit-elle d'un ton affecté. Non, non, n'insistez pas... Je reviendrai.

Elle ajouta, avec un geste ridicule :

— Bye-bye !...

C'était tellement saugrenu que chacun demeura coi tandis qu'elle refermait la porte sur elle. Le lieutenant en profita pour prendre congé. Il voulait réfléchir avant de poursuivre son enquête. Le gendarme Cartassec fut tenté, en quittant la ferme, d'agiter la main en murmurant : « Bye-bye... »

— Cartassec, quelle est cette personne si curieusement fagotée ? interrogea Masson tandis qu'ils redescendaient la colline.

— C'est Mlle Geneviève, la nièce de Ferdinand, l'aubergiste.

— On ne peut pas dire qu'elle lui ressemble. Autant Ferdinand est un bon vivant, truculent et jovial..., autant cette personne me semble prétentieuse.

La visite chez les Balazuc laissait au lieutenant une impression désagréable. Cartassec confirma cette impression en observant à voix haute :

— Ils seraient coupables, tous ensemble, qu'ils ne nous auraient pas reçus autrement.

Ainsi ils pensaient tous les deux la même chose !

La pente devenait raide ; ils gardaient les yeux au sol pour éviter de buter sur les pierres. Soudain deux coups de feu éclatèrent, tout proches. Le lieutenant, dont le képi s'était rabattu, trébucha. Cartassec restait figé, une main crispée sur son postérieur.

— Qu'est-ce que ça veut dire, s'écria Masson, on nous tire dessus ! Du plomb dans mon képi !... Tonnerre ! vous êtes touché, Cartassec ?

— Un peu, chef.

— A la tête ?

Le gendarme, sensible au ridicule, rougit :

— Non, mon lieutenant, à l'honneur.

— Courons, vous par ici, moi par là. Nous allons le coincer.

Le lieutenant s'élança. Cartassec le laissa s'éloigner puis s'appuya en grimaçant sur la murette qui longeait le chemin. Il n'avait pas envie de courir. Masson reparut au bout de quelques minutes, très essoufflé.

— Personne ! Il a filé. Je parie que c'est le mari de Marthe, il nous aura suivis. Retournons chez les Balazuc. Je vais leur montrer de quel bois je me chauffe.

Le lieutenant était furieux. Cartassec, lui, bougeait le moins possible et regardait son supérieur avec tristesse, se sentant atteint dans sa dignité.

— Je crains de ne pas pouvoir marcher bien vite.

— Soit, je modifie mes plans, déclara Masson. Il faut savoir s'adapter aux circonstances. Quelqu'un a voulu nous tuer, très bien... Vous êtes mort !

Le gendarme eut un haut-le-corps.

— Je suis mort, chef ?

— Parfaitement et je suis curieux de voir comment réagira la famille Balazuc. Ne bougez pas d'ici, et si quelqu'un passe, cachez-vous. Je vais chercher la voiture et je vous ramène à la gendarmerie... Nous passerons par-derrière.

Cartassec ne demandait pas mieux. Les deux hommes réalisèrent ce plan point par point. Masson ne cessait de penser à l'échelle des Balazuc. A la gendarmerie, une surprise l'attendait : deux autres lettres, aussi confuses dans leur style, aussi véhémentes dans leur accusation ; l'une désignait le père Balazuc et l'autre Antoine, le mari de Marthe.

— Il faut battre le fer pendant qu'il est chaud, déclara Masson dès qu'il en eut pris connaissance.

Remontant dans la voiture, il reprit le chemin de la ferme des Balazuc. Il fut accueilli dans la cour par Antoine, grand gaillard solide, au teint hâlé, aux muscles saillants, à la chevelure en brousaille. Marthe surgit aussitôt, suivie de son père.

— Ma parole, c'est de l'obsession ! Puisqu'on vous dit qu'on n'est pas des criminels ! On peut rien contre les menteurs, mais c'est pas une raison pour venir empoisonner les gens ! s'exclama Marthe Balazuc.

Le lieutenant affichait un air serein, parfaitement maître de lui. Il dévisagea les Balazuc.

— Où étiez-vous cet après-midi ? demanda-t-il à Antoine.

Celui-ci haussa les épaules :

— Dans les vignes, en train de sulfater. C'est défendu ?

— Aviez-vous votre fusil ?

— Jamais pour sulfater...

— Non, mais pour tuer un gendarme...

Charles Balazuc tira sa pipe de sa bouche :

— Tuer un gendarme ?

— Tentative de meurtre sur la personne d'un gendarme, ça va chercher loin... Cartassec est à l'hôpital et je ne sais pas encore s'il s'en tirera.

Marthe, le visage inquiet, interrogea Antoine :

— T'as tiré sur eux ? T'as fait ça ?

Antoine réagissait lentement tandis que le sang envahissait son visage. Il leva soudain le poing :

— Je vais vous casser le portrait !

— Je ne vous conseille pas d'essayer.

— Non !

Ce cri, jeté brutalement, venait du portail. Mlle Geneviève, ombrelle en bataille, sautillait sur ses talons aiguilles au milieu des poules apeurées. Elle toisa Masson en lui intimant, d'une voix haut perchée :

— Je vous interdis de toucher à Antoine !

Le lieutenant, la bouche ouverte, restait sans

voix... Marthe retrouva la première son sang-froid :

— Qu'est-ce que vous venez faire ici, mademoiselle Geneviève ?

— Je ne veux pas qu'on touche à Antoine.

— Qu'est-ce que ça peut vous faire ? Ce n'est pas votre mari !

Mlle Geneviève prit l'air secret de quelqu'un qui sait des choses mais ne veut pas les dire.

Masson regardait les protagonistes à tour de rôle et sentait confusément qu'il côtoyait la vérité.

— Vous passez souvent devant ce portail, mademoiselle ? demanda Masson.

— Le chemin est à tout le monde, non ?... J'habite à deux cents mètres d'ici...

— Et quand vous passez par ici, vous jetez machinalement un coup d'œil dans la cour de la ferme ?

— Sans doute.

— Qu'avez-vous vu, mademoiselle, le jour où Hubert Balazuc est tombé de son échelle ?

— Moi ?

— Oui, vous !... Vous qui signez vos lettres *Justice, justice, justice...*

— Je ne comprends pas, lieutenant.

Marthe voulut parler, mais son père lui prit le bras pour la contenir. Antoine semblait de plus en plus ahuri. Mlle Geneviève parut gênée et bredouilla :

— Ce que j'ai vu... Mais je... Eh bien...

Une expression égarée donnait à son visage un masque de clown. Le lieutenant insista :

— Un accident ou un crime ?

La demoiselle se redressa, prit une attitude hautaine et, fixant la grange, elle souffla :

111

— Un crime, lieutenant..., un crime.

— Quoi ! mais elle est folle ! hurla Marthe.

Son père la retint en la priant d'observer le silence.

— Si vous nous expliquiez tout cela, mademoiselle..., dit calmement Masson.

— Je l'ai vue, elle, frapper son oncle par-derrière... Le coup du lapin... Le pauvre vieux commençait de monter...

— Vous avez bien vu ?

— Oh ! oui.

Marthe n'essayait même plus de protester, cette accusation lui avait porté un tel coup qu'elle demeurait prostrée. Mlle Geneviève poursuivit avec un luxe de détails :

— Le coup du lapin, je vous dis, et c'est à ce moment que le barreau de l'échelle a cédé... Oh ! lieutenant, c'est affreux... Marthe avait promis à Antoine la fortune de Hubert, c'est pourquoi elle a fait cela... Sur le moment, j'ai été bouleversée, j'ai fui... Je n'osais me confier... Aujourd'hui encore, qui me croirait.

Elle avait lancé cette dernière phrase comme un défi.

Masson réfléchissait en pinçant les lèvres.

— Je vous comprends, mademoiselle, le spectacle a dû vous bouleverser...

— Mais bien sûr... J'étais toute retournée, lieutenant... Ça fait quelque chose de voir tomber quelqu'un de si haut...

— Si haut ?

Elle tressaillit :

— Je veux dire de son haut...

Masson la regarda longuement.

— Attendez-moi, dit-il soudain.

Ses interlocuteurs, stupéfaits, le virent se diriger en courant vers la grange. Quelques minutes plus tard, il revenait, le visage détendu.

— Vous voudrez bien m'accompagner à la gendarmerie pour votre déposition, mademoiselle Geneviève, dit-il. Je vous demanderai toutefois de téléphoner à votre avocat car vous risquez d'en avoir besoin.

— Que voulez-vous dire ?

— Que sans le faire exprès vous m'avez donné la solution. C'est vous qui avez tout combiné, mademoiselle... Hubert Balazuc n'est pas tombé du deuxième échelon ; il est tombé accidentellement de l'avant-dernier échelon, ce qui représente une chute de près de cinq mètres... Je viens de m'en assurer. Vous passiez devant le portail à ce moment-là, vous deveniez témoin de l'accident... Le seul témoin. Personne dans la cour de la ferme, vous approchez... Hubert est mort sur le coup... Alors la jalousie vous embrase... Marthe a épousé Antoine, cet Antoine que vous convoitiez... Alors il vous vient une idée : faire croire à un crime et le faire endosser à Marthe. Vous retournez l'échelle, ainsi la mort de Hubert paraîtra suspecte... Ce qui vous permettra d'utiliser les lettres anonymes.

Mlle Geneviève choisit l'expédient le plus propre à sa condition de femme du monde : elle s'évanouit.

— Je vais la ramener chez elle, fit le lieutenant. Il est probable que les experts psychiatres lui trouveront une responsabilité atténuée... Reconnaissez que pour des innocents vous aviez l'air bien coupables...

Charles Balazuc bredouilla :

— Euh... Pour Cartassec, c'est grave ?

Le lieutenant éclata de rire :

— Rassurez-vous, c'était une ruse... Et qui n'a servi à rien.

— J'aime mieux ça... De toute façon, lieutenant, vous pouvez coller une contravention à Ferdinand, depuis le temps qu'il chasse sur mes terres... Si encore il tirait juste !

— C'est lui le coup de fusil ?

— Il m'a téléphoné, tout à l'heure... Il voulait se constituer prisonnier.

— Je vais lui envoyer Cartassec, ils passeront sûrement un bon moment, tous les deux...

Le lieutenant s'éloigna. Près du portail, il se retourna en criant aux Balazuc :

— Et la prochaine fois, soyez plus aimables avec l'uniforme !

Philippe DERREZ et Serge PETROF.

La forteresse sous la mer

La tout-terrain louée par Jean-François progressait le long de la piste caillouteuse. Le jeune homme avait quitté Beyrouth le matin, muni d'un équipement complet de plongée sous-marine et d'un optimisme à toute épreuve.

Il était envoyé par le rédacteur en chef de *l'Incorruptible* — le journal où il travaillait — afin d'effectuer un reportage sur une équipe française qui recherchait, sous la mer, les ruines d'une forteresse franque.

Sa venue n'étant pas annoncée, il se demandait comment on l'accueillerait ; cependant c'est avec optimisme qu'il pénétra dans un petit village tout blanc, entouré de cultures.

Le journaliste stoppa à côté d'une femme qui puisait de l'eau dans un puits ombragé de figuiers. Il lui demanda où se trouvaient les Français.

— Suivez le chemin jusqu'aux ruines, lui dit-elle, et tournez à gauche. Vous verrez les tentes près du promontoire.

Jean-François repéra bientôt les ruines d'une tour, prit à gauche et aperçut quatre tentes couleur safran dressées sur la plage.

La tout-terrain cahota sur le sol couvert d'asphodèles et s'arrêta près d'une voiture poussiéreuse.

Au bruit, deux jeunes gens en short tournèrent la tête et regardèrent l'arrivant d'un air ahuri.

Assez embarrassé, le journaliste sauta à terre et s'avança.

— Lequel de vous est Guy Vandier ? questionna-t-il.

— C'est moi, dit un garçon solide, au menton carré.

Jean-François se présenta et expliqua le motif de sa présence.

— Quelqu'un a eu la langue trop longue, grogna Vandier.

Comme il achevait ces paroles, une main écarta la toile d'une des tentes et trois jeunes femmes apparurent.

— Est-ce un archange venu nous indiquer le lieu où repose la forteresse ? questionna la première, une jeune personne aux cheveux longs et raides, au visage criblé de taches de son.

— C'est un journaliste, répondit sèchement Guy Vandier.

Il poursuivit cependant en tendant la main vers la jeune femme aux longs cheveux :

— Je vous présente Léopoldine Dussafre, son mari, Bérangère Lampel et enfin ma sœur, Agnès.

Jean-François salua à la ronde et recommença ses explications.

— Quelle histoire ! s'esclaffa Martin Dussaffre.

— Ça nous fera de la publicité, renchérit sa femme.

— En avons-nous besoin ?

C'était Bérangère Lampel qui avait posé cette question, décochant au journaliste un regard nettement hostile.

— Bien sûr ! riposta Léopoldine. N'oubliez pas

que nous devrons présenter le film et faire des conférences.

— A condition qu'il y ait un film, dit Bérangère d'un ton glacé.

— Nous nous écartons du sujet, intervint Guy. Il s'agit de décider si, oui ou non, nous acceptons la présence de M. Sirvante.

Bérangère Lampel fit un pas en avant. Ses cheveux bruns étaient coupés court, ses larges yeux couleur d'améthyste avaient une expression à la fois méfiante et têtue.

— Il ne fera que nous gêner, dit-elle. Sait-il seulement plonger ?

— Je pratique la plongée sous-marine depuis plusieurs années, répliqua Jean-François. J'ai un équipement complet dans ma voiture.

— Etiez-vous donc si sûr de rester ? observa Guy.

— Non, mais j'ai préféré tout prévoir. Y compris votre accord, ajouta-t-il avec un désarmant sourire.

Un silence suivit ces paroles. Le soleil se couchait, teintant les flots de pourpre et d'or.

— Pour ma part, dit Guy posément, je pense qu'une recrue supplémentaire nous serait utile.

— Je suis de ton avis, affirma sa sœur.

Les deux Martin approuvèrent. Il y eut un nouveau silence et tous les regards se tournèrent vers Bérangère.

— Puisque vous êtes tous d'accord..., dit-elle d'un ton boudeur. Du moins faudrait-il que M. Sirvante accepte notre mode de vie et ses exigences.

— C'est-à-dire ?

— Tout d'abord obéir à Guy, le chef de l'expédition. Ensuite accepter votre part de travail.

— Qu'est-ce qui vous fait penser que je pourrais m'y dérober ? interrogea le journaliste sèchement.

— Rien. Je tenais simplement à vous prévenir.

— Vous pouvez monter votre tente ici, près de la nôtre, monsieur Sirvante, coupa vivement Léopoldine. Martin va vous aider.

Lorsque le journaliste eut terminé son installation, son compagnon l'amena près du feu, autour duquel les autres les attendaient pour un dîner de langoustes et de riz.

— Vous seriez gentils de me donner quelques détails sur votre expédition, dit Jean-François lorsque sa faim fut apaisée.

— Que savez-vous au juste ?

— Simplement que vous cherchez les ruines d'une forteresse franque.

— Et cela a suffi pour vous faire venir de Paris ?

Bérangère avait l'air incrédule et Jean-François éprouva le vain désir de lui river son clou.

— C'est le patron qui décide, pas moi.

— Après tout, reprit-elle, vous n'êtes peut-être pas journaliste. Nous n'avons même pas vu vos pièces d'identité.

— Voyons, Bérangère ! protesta Guy.

— Je trouve que vous l'avez accepté bien vite, lui rétorqua-t-elle.

Excédé, Jean-François alla chercher son passeport et sa carte de presse.

— Là, fit-il. Etes-vous satisfaite ?

Elle prit le temps d'étudier les documents.

— Oui, dit-elle enfin d'un ton contraint.

Léopoldine se leva pour préparer le café. Guy alluma sa pipe, en tira quelques bouffées et commença :

— Après la prise de Jérusalem, le comte de Limoux, compagnon de Godefroi de Bouillon, éleva près de Tabès une puissante forteresse. Le premier roi de Jérusalem lui octroya différentes franchises ; en retour, le comte s'engageait à protéger le passage des navires faisant route vers la Palestine. La forteresse était plantée là, sur ce cap que les gens du pays appellent encore le promontoire du Comte. La puissance franque s'effrita peu à peu mais la forteresse continua à tenir le passage sous sa surveillance.

Léopoldine servit le café tandis que son mari jetait quelques branchages dans le feu.

— En 1260, poursuivit Guy, à la suite d'une secousse tellurique, l'extrémité du cap s'affaissa. La forteresse disparut sous la mer, où elle est encore.

— Comment avez-vous découvert cela ?

— Un coup de chance, dit Martin. Il y a six mois, j'ai acheté un tas de vieux papiers à un chiffonnier. Dans le lot se trouvait le récit d'un moine du XIII° siècle, qui avait passé chez le comte la nuit précédant la catastrophe.

— Alors, intervint sa femme, on s'est dit que ce serait merveilleux de retrouver les ruines et de les filmer.

— L'ennui, intervint Bérangère d'un ton amer, c'est que nous plongeons depuis trois jours sans succès.

— Un peu de patience, soupira Guy. Ce n'était qu'une simple approche. Demain nous commencerons les véritables recherches.

— Comme vous êtes pressée ! renchérit Léopoldine.

Bérangère ne répondit pas. Tournée vers le promontoire, elle scrutait la nuit comme si elle espérait en voir surgir la forteresse.

∴

Dans le soleil du matin, les jeunes gens s'équipaient. Martin et Guy sortaient les tribouteilles de la tente où l'on rangeait les équipements, tandis que Jean-François et Agnès mettaient à flot une vieille barque.

Lorsque tout l'équipement fut entassé dans le fond, les membres de l'expédition s'installèrent tant bien que mal et les deux hommes prirent les rames. L'eau atteignait presque le plat-bord, tant l'embarcation était chargée.

— Un canot à moteur serait plus commode, risqua Jean-François.

— Trop cher, fit laconiquement Guy.

— Pourquoi ne pas en louer un à Tabès ?

— Là-bas, les gens n'ont que des barques ou des voiliers qui leur servent pour la pêche. Et quant à nous les louer !...

— Nous avions presque fait affaire avec un pêcheur, enchaîna Léopoldine, mais, quand il a su que nous voulions aller au promontoire du Comte, il a refusé catégoriquement. Nous n'avons pu avoir que ce vieux sabot.

— Pourquoi cette hostilité ?

— Parce qu'ils croient le promontoir hanté par la fille du comte, que celui-ci aurait refusée au démon...

Ils avaient atteint l'extrémité du cap, une falaise où nichaient des oiseaux de mer. Martin laissa filer l'ancre.

— Je fais équipe avec Jean-François, annonça

Guy. Toi, Agnès, tu vas avec Bérangère. Léopoldine et Martin plongeront après notre retour.

Dûment équipé, Jean-François s'approcha du plat-bord.

— Nous avons de l'air pour une heure, rappela Guy. N'oubliez pas d'observer les paliers au moment de la remontée.

— Je sais, dit Jean-François avec un demi-sourire.

Il mit l'embout entre ses lèvres et se laissa basculer. La mer se referma sur lui. Un peu sur la droite, il vit tout un chapelet de bulles s'aplatir contre la surface et Guy descendre, les bras le long du corps. Il se rapprocha de lui et ils glissèrent ensemble le long de la falaise. Des algues vertes et brunes, semblables à des rubans, ondulaient près de la paroi, parmi les gorgones pourpres et les éponges jaunes.

A vingt-cinq mètres, ils trouvèrent un fond composé de rochers et de sable. Les couleurs avaient disparu progressivement pour laisser la place à une teinte uniforme bleu sombre.

Les deux plongeurs avançaient lentement. A quelque trois cents mètres sur leur droite, Bérangère et Agnès faisaient de même.

Soudain Jean-François toucha le bras de son compagnon, vira doucement et alluma sa torche. Une haute croix apparut sur son socle de pierre couvert de coquillages et de concrétions multicolores.

Ils tournèrent lentement autour de la croix puis reprirent leur progression avec un espoir accru. Cinq cents mètres plus loin, ils découvrirent une muraille à demi éboulée. A droite et à gauche, on distinguait des restes de tours.

Bérangère et Agnès les rejoignirent et tous les

quatre regardèrent longuement ces murailles vieilles de plus de sept cents ans, qui avaient connu
tant de combats avant de sombrer à jamais dans
un tombeau liquide.

La forteresse avait glissé dans les flots d'un
seul coup avec le plateau rocheux qui la sup-
portait. Au-delà de la poterne béante, on devinait
des fantômes de portes et des souvenirs de fenêtres. Des chapelets d'oursins violets pendaient aux
volutes de fer forgé d'un puits et de plumeuses
anémones festonnaient une arcade.

C'était si fantastique que les plongeurs se rap-
prochèrent et se prirent les mains. Jean-François
sentit trembler les doigts de Bérangère entre les
siens.

D'un souple mouvement, ils s'élevèrent et se
maintinrent un instant au-dessus de la forteresse.
On distinguait nettement son tracé. Il y avait
quatre tours d'angle et une cinquième beaucoup
plus large, au centre.

Guy se tourna vers ses compagnons et leva
l'index, ce qui était le signe de la remontée. Un
coup d'œil à sa montre, un autre à son bathy-
mètre apprirent à Jean-François qu'il fallait observer un arrêt à six mètres et un autre à trois.
C'était là le côté fastidieux des plongées, mais
il fallait s'y soumettre.

Enfin ils firent surface à vingt mètres de la
barque. Guy se hissa le premier à bord.

— Nous l'avons, c'est formidable ! cria-t-il à
l'intention de Martin et Léopoldine.

Les autres le suivirent et tous se mirent à parler
à la fois.

— Avez-vous essayé d'entrer dans les salles ?
interrogea Léopoldine.

— Pourquoi sommes-nous remontés si vite ?

jeta Bérangère sans laisser à Guy le temps de répondre.

— Parce que je voulais la caméra. Or vous savez comme moi que des plongées longues et répétées fatiguent l'organisme.

— Dites, Guy, nous voudrions bien voir ça, Léopoldine et moi. Ne pouvons-nous descendre juste cinq minutes ?

— Non, mon vieux, j'ai besoin de vous pour la caméra.

— Et moi ? cria Léopoldine.

— Vous plongerez cet après-midi, répondit Guy d'un ton ferme.

La jeune femme paraissait contrariée, mais elle s'assit docilement à côté de son mari.

∴

Cet après-midi-là, ils refirent des plongées groupées. Jean-François avait Léopoldine comme équipière.

Ils glissèrent jusqu'à la poterne et entrèrent dans la cour principale, envahie de coraux blancs. Des arches brisées révélaient d'autres cours, des passages, des salles ruinées.

Jean-François avançait lentement. Un mérou avait élu domicile dans une niche de pierre et le regardait. Au-delà d'un passage encombré de débris, les jeunes gens se trouvèrent sur une sorte d'esplanade. A l'extrémité s'élevait un petit bâtiment sommé d'une croix. A l'intérieur de cette chapelle sous-marine, il restait quatre piliers dont les chapiteaux s'encombraient de concrétions multicolores, des fragments de voûtes. Une forme immobile semblait veiller sur ces lieux désertés :

une simple statue que l'envahissement des coraux avait rendue méconnaissable.

Les jeunes gens remontèrent la nef. Jean-François avait l'impression de pénétrer dans un lieu interdit. Laissant Léopoldine fureter, il s'éleva, franchit une étroite fenêtre et regarda autour de lui.

Au milieu d'une véritable prairie d'algues vertes, brunes et roses, apparaissaient des formes confuses. Jean-François s'en approcha et reconnut des croix. Il venait de découvrir le cimetière de la forteresse.

Un peu plus loin se dressait un haut bloc rectangulaire, tapissé de concrétions. Il comprit vite qu'il se trouvait en présence d'un tombeau. Il sortit son couteau et se mit à gratter la couche de concrétions. Tout à coup un gros morceau de calcaire rose se détacha, dévoilant la pierre couverte d'inscriptions à demi effacées. Bientôt Jean-François déchiffra quelques mots :

Béranger.e Lim...

Il avait découvert le tombeau de la famille de Limoux ! Il se hâta de regagner la chapelle pour avertir Léopoldine, mais, il eut beau éclairer les recoins les plus sombres, personne. Alors il retourna vers la cour centrale.

Près de la poterne, Guy manœuvrait l'énorme caméra. Le journaliste se précipita en gesticulant. Bérangère et Guy le regardèrent d'un air perplexe jusqu'au moment où il éleva quatre doigts de sa main gauche, se désigna, puis désigna successivement ses deux compagnons et garda un doigt en l'air.

Cette fois ils comprirent et regardèrent autour d'eux. Guy passa la caméra à Bérangère et lui fit

126

signe de remonter. Il dut insister et la jeune fille finit par obtempérer.

Les deux plongeurs traversèrent la cour en braquant leurs torches dans toutes les directions. Jean-François se reprochait de s'être éloigné de Léopoldine.

Soudain il aperçut un chapelet de bulles entre deux murs. Au même instant, la jeune femme apparut, tenant un objet long et étroit. En apercevant les deux hommes, elle fit un rond avec son pouce et son index, ce qui signifiait que tout allait bien. En réponse, Guy se frappa énergiquement la tempe...

Leur temps de plongée était presque écoulé. Ils passèrent sur la réserve et commencèrent leur remontée.

Quand ils eurent fait surface, Guy apostropha Léopoldine :

— Qu'est-ce qui vous a pris ?

— Je suis désolée, déclara-t-elle en baissant le nez. Je n'ai pas réfléchi. Jean-François était occupé, j'ai eu envie d'aller plus loin. J'ai zigzagué un peu et je me suis retrouvée dans un vrai labyrinthe !... Regardez, j'ai trouvé ça pendu à un mur.

Les autres contemplèrent sa trouvaille d'un air perplexe.

— Moi, j'ai trouvé le cimetière, annonça Jean-François. Et le tombeau des Limoux !

Il donna des détails sur l'inscription et conclut :

— Sans doute s'agit-il de l'épouse ou de la fille du comte. C'est amusant, elle porte le même nom que vous, Bérangère.

La jeune fille lui jeta un regard aigu :

— Vous n'y connaissez rien. C'est le comte qui

s'appelait Béranger, comme tous les premiers-nés de la famille.

— Exact, confirma Guy. Le manuscrit mentionne deux comtes de Limoux portant ce prénom.

Jean-François jeta un coup d'œil pensif à Bérangère. Elle paraissait en savoir plus long que les autres sur la famille de Limoux.

Le bruit d'une discussion le tira de ses pensées.

— Je vous assure, ce que j'ai visité tout à l'heure était dans un état lamentable, prêt à s'écrouler, affirmait Léopoldine.

— Je crois, dit Martin, qu'il serait prudent de nous limiter à une exploration extérieure de la forteresse.

— On doit pouvoir faire des prises de vues formidables à l'intérieur des salles ! coupa Guy.

— Risquer sa vie pour quelques séquences ! protesta Léopoldine.

Après un silence, Agnès dit d'une voix calme :

— Puisque nous descendons, Martin et moi, nous étudierons cela de plus près.

— D'accord, dit son frère. Mais soyez prudents.

Jean-François s'assit, ramassa l'objet remonté par Léopoldine et commença à le gratter. Guy alluma une cigarette et ferma à moitié les yeux. Léopoldine et Bérangère partirent pêcher.

Au bout d'un moment, Jean-François questionna d'un ton distrait :

— Bérangère fait-elle partie de votre groupe depuis le début ?

— Pas du tout, nous l'avons rencontrée à Beyrouth. Des amis de l'ambassade de France lui ayant appris notre venue, elle a demandé à se joindre à nous.

Pourquoi Bérangère avait-elle voulu participer à l'expédition ? se demandait le journaliste. Et pourquoi s'était-elle si âprement opposée à sa participation à lui ?

— Elle n'a pas l'air d'une plongeuse très expérimentée, remarqua-t-il.

— C'est vrai, reconnut Guy, dont le regard se perdit au loin, tandis que Jean-François continuait à gratter.

— Regardez ! dit-il soudain. Ce truc-là pourrait bien être une épée... Voilà la poignée en forme de croix. Et, ici, des traces d'oxyde prouvant qu'il s'agit d'acier.

— L'épée d'un croisé ! s'exclama Guy d'un ton respectueux.

Nouveau silence. Le journaliste s'était remis au travail.

— Vous ne trouvez pas qu'elle est bien, Bérangère ? demanda son compagnon d'un air détaché.

Jean-François réprima un sourire :

— Je la trouve plutôt désagréable.

— Elle vous a accueilli avec quelques réticences, c'est vrai, mais avouez que votre arrivée était surprenante.

— Vous la défendez bien...

Guy rougit. Il fut dispensé de se justifier par l'arrivée des deux jeunes femmes qui rapportaient quelques poissons argentés, suivies par les plongeurs.

— Alors ? questionna Léopoldine en débarrassant son mari.

— Je pense que tu as exagéré, répondit-il en riant. Seule la tour centrale est dangereuse.

— Vous n'auriez pas dû y aller seul, reprocha Agnès.

— Comment, vous aussi ? s'écria Guy, furieux.

— Non, mon vieux, non. J'ai exploré la tour

rapidement, après avoir fait signe à Agnès de m'attendre.

Il alluma une cigarette et reprit, jovial :

— L'intérieur est vraiment délabré, d'ailleurs de gros éboulis bouchent le passage. Par contre on peut faire des choses sensationnelles dans les salles.

— D'accord, dit Guy. Demain nous les filmerons.

Martin s'assit à côté de sa femme et échangea avec elle un bref sourire.

Pendant que les jeunes femmes préparaient le repas, le journaliste, qui continuait à gratter, poussa soudain un cri de triomphe.

— Je savais bien qu'il s'agissait d'une épée ! Il y a même un écu.

— Que représente-t-il ? questionna vivement Bérangère.

— Trois boules en pyramide, répondit Jean-François, qui fut frappé par l'éclat des yeux de la jeune fille.

— Les armes des comtes de Limoux, dit-elle d'une voix blanche.

— Comment le savez-vous ? fit Léopoldine.

Il y eut un silence et Jean-François sentit que l'atmosphère se tendait étrangement. Enfin Bérangère répondit :

— Il y a les mêmes sur les ruines de la petite tour, au bord du chemin.

— En effet, dit Guy. Vous êtes très observatrice, Bérangère.

La jeune fille eut un sourire énigmatique mais n'ajouta rien.

Après la remise en ordre du matériel, chacun se dispersa. Jean-François s'était assis sur un gros rocher, face à la mer dans laquelle le soleil venait de couler.

Un bruit de pas le fit se retourner. Guy se dirigeait de son côté, l'air sombre. Le journaliste l'invita à s'asseoir. Il éprouvait de la sympathie pour le chef de l'expédition.

— Quelque chose ne va pas, mon vieux ?... Bérangère ? demanda-t-il.

— Oui... Je ne comprends pas. Quand j'ai voulu lui parler de... de mes sentiments, elle m'a répondu : « Rien maintenant, Guy ! »

— C'est plutôt encourageant.

— Ah ! vous trouvez, vous ! s'exclama-t-il avec un rire amer.

— Cela signifie que vous pouvez espérer quelque chose plus tard, non ?

Jean-François donna une tape amicale sur l'épaule du jeune homme et conclut :

— Vous verrez, tout s'arrangera.

Mais, à part lui, il trouvait la réponse de Bérangère singulière.

.**.

Quand Jean-François sortit de sa tente, l'aube se levait sur la mer. La veille au soir, il avait tenté de réfléchir aux événements de la journée, mais le sommeil l'avait terrassé.

Rien ne bougeait encore dans le camp. De la tente des Dussafre sortaient des ronflements sonores. Il s'étira et marcha paresseusement vers le flot. Il aimait cette heure solitaire, qui évoquait pour lui les premiers âges du monde.

Mais il s'arrêta net. Un pas avait, avant le sien, marqué le sable humide. La surprise du jeune homme augmenta encore lorsqu'il s'aperçut que la

131

trace n'était pas celle d'un pied, mais d'une palme de plongée.

Une petite vague glissa sur le sable et emplit l'empreinte, une deuxième la recouvrit et l'effaça. « Cinq minutes plus tard, je n'aurais rien vu », nota Jean-François.

Il longea lentement la grève mais ne trouva pas d'autres traces. Qui était venu de la mer pendant la nuit ? Cette expédition était-elle aussi innocente qu'elle en avait l'air ?

Il entra dans l'eau. Tout en nageant, il réfléchissait à l'étrange attitude de Bérangère, à l'opposition qu'elle avait élevée contre son entrée dans le groupe. Et cette coïncidence de nom avec les comtes de Limoux ? Curieux.

Jean-François revint vers le rivage. Instinctivement, il aborda à l'endroit où il avait trouvé la mystérieuse empreinte.

En sortant de l'eau, il avisa un caillou et le ramassa. C'était un drôle de caillou rond, presque plat, mais comme recouvert d'une croûte dure. Il le déposa distraitement dans sa tente et fit sa toilette en sifflotant.

Quand il voulut ranger son sac de couchage, il aperçut le caillou. Il prit son canif et gratta doucement le calcaire qui le recouvrait. La couche était mince et s'effrita rapidement. En dessous, il y avait une couche d'oxyde fort dure, qu'il fallait attaquer à petits coups.

Jean-François s'arrêta. Oxyde signifiait métal, et un objet métallique de cette forme et de cette dimension...

— Sapristi ! murmura-t-il. Voilà qui expliquerait tout.

— Jean-François ! Jean-François ! Le petit déjeuner est prêt.

132

Il regarda autour de lui, cherchant où il pourrait mettre son « caillou » en sûreté. Finalement, il le glissa dans la poche de son pantalon et, le sourire aux lèvres, rejoignit ses compagnons.

⁘

Plongées et prises de vues se déroulèrent au rythme habituel. Le soir, Jean-François était bien décidé à veiller, mais, à peine la corvée de vaisselle terminée, il se sentit pris par un sommeil invincible et gagna sa tente. Pendant qu'il glissait dans le néant, quelque chose en lui chuchotait que ce n'était pas normal...

Il se réveilla le lendemain avec la même pensée. Qu'est-ce qui n'était pas normal ?... Ah ! oui, il buvait du café après le dîner et, malgré cela, il tombait de sommeil, alors que d'habitude le café le rendait alerte comme un écureuil !

La fatigue des plongées suffisait-elle à annuler l'effet du breuvage ? Jean-François en doutait et, en y réfléchissant mieux, il trouvait même son sommeil anormalement lourd.

L'après-midi, Guy déclara qu'il faudrait aller à Beyrouth le lendemain ou le jour suivant pour renouveler la provision d'air comprimé, qui avait beaucoup baissé.

Jean-François dissimula un sourire. Si on utilisait le matériel la nuit, ce n'était pas étonnant...

Pendant toute la journée, il observa ses compagnons. C'était Bérangère qu'il soupçonnait le plus. Depuis son entretien avec Guy, la jeune fille était encore plus fermée. Son regard se faisait de plus en plus méfiant, presque hostile.

Durant la sieste, le journaliste recommença à gratter la couche d'oxyde, sous laquelle le métal jaune apparut enfin. Combien de pièces semblables dormaient encore au fond de la mer, sous la garde des oursins et des gorgones ?

Dans un château fortifié, on devait conserver l'or dans le lieu le mieux protégé. Le plan des ruines sous la mer se présenta à l'esprit du jeune homme, avec sa tour centrale...

— Jean-François, il est l'heure ! cria Guy.

Le journaliste s'équipa rapidement et aida les autres gens à transporter le matériel.

Lorsqu'ils se furent éloignés du rivage, Guy distribua le travail :

— Martin, vous ferez des prises de vues dans la chapelle ; votre femme vous aidera. Vous, Jean-François, vous ferez équipe avec Bérangère pour visiter les salles. Agnès et moi descendrons en dernier.

Le journaliste n'était pas enchanté de faire équipe avec la jeune fille, mais songea qu'il arriverait bien à lui fausser compagnie quelques instants pour vérifier ses soupçons.

Ils plongèrent tous les quatre. Martin et sa femme se dirigèrent vers la chapelle. Bérangère contourna la tour centrale et se faufila par une fenêtre. Jean-François la suivit et découvrit une salle où subsistait une cheminée. Un buisson de gorgones cramoisies s'épanouissait dans l'âtre.

La jeune fille semblait fascinée par ce lieu étrange. Jean-François en profita pour s'éclipser.

Agitant ses palmes à toute allure, il eut tôt fait d'atteindre la tour centrale et se glissa à l'intérieur par une étroite fenêtre. Il se trouva dans une pièce rectangulaire, dont la porte disparaissait aux trois quarts derrière un tas de pierres. Le lieu ne contenait que deux coffres le long des murs. L'un d'eux était ouvert, près de l'autre

134

gisait une barre de fer dont l'état prouvait qu'elle n'avait guère séjourné dans l'eau.

Le cœur battant, Jean-François s'approcha du coffre ouvert. Seul, un petit tas de pièces s'y trouvait encore.

Le journaliste commençait à voir clair dans cette sombre histoire : le seul fait d'avoir eu accès à la tour désignait le coupable.

Il retournait vers la fenêtre lorsque celle-ci se remplit d'ombre. Un plongeur jaillit littéralement dans la salle et, portant la main à sa hanche, tira son couteau de l'étui. Malgré la pénombre et l'anonymat du masque, la façon dont l'intrus fonçait dans sa direction ne laissa à Jean-François aucun doute sur ses intentions.

En saisissant lui-même son couteau, il laissa échapper sa torche... Son agresseur alluma la sienne et éblouit Jean-François, qui s'éleva vers le plafond d'un vigoureux battement de palmes.

Un instant, les deux antagonistes restèrent immobiles, s'observant mutuellement. On aurait dit deux poissons dans un aquarium, deux poissons étranges dont l'un était animé de la volonté de tuer.

Il aurait fallu atteindre la fenêtre, mais l'intrus se trouvait devant. Pour l'obliger à se déplacer, Jean-François se laissa redescendre et se dirigea vers le coffre béant.

Aussitôt l'autre fonça, le couteau levé. Le journaliste esquiva l'attaque, essaya de passer, vit la lame pointue à vingt centimètres de lui et s'éleva de nouveau.

Une sueur d'angoisse brouillait la vitre de son masque. Tôt ou tard le couteau l'atteindrait ; ou bien son adversaire l'achèverait, ou bien il se contenterait de trancher un des tuyaux qui amenaient l'air à ses lèvres, le condamnant à une mort atroce...

Flottant près du plafond, il avait une certaine supériorité sur son adversaire. Celui-ci s'en rendit compte. Il décrivit des cercles rageurs et ralluma sa torche, éblouissant à nouveau Jean-François, qui fit un mouvement maladroit ; l'autre fonça, le maintenant dans la clarté de sa torche.

Au moment où le couteau se levait, une nouvelle silhouette jaillit de la fenêtre, plongea sans hésiter sur la barre de fer, la saisit et l'abattit sur le poignet de l'agresseur.

Celui-ci grimaça de douleur, lâcha à la fois torche et couteau et perdit son embout. Tandis qu'il se débattait en suffoquant, Jean-François et son sauveur repassèrent par la fenêtre et, après un bref coup d'œil à leur montre, se délestèrent de leurs ceintures de plomb pour remonter plus vite.

Ils firent surface à cent mètres de la barque. Guy les vit le premier et poussa une exclamation d'inquiétude :

— Que se passe-t-il ?

Sans répondre, le journaliste tourna la tête vers le plongeur qui avançait à ses côtés. Il sourit en reconnaissant la jeune fille.

— On va vous raconter ça, Guy. A vous, Bérangère.

Elle se hissa à bord et retira son masque ; ses mains tremblaient et son visage était très pâle.

— Il faut d'abord s'occuper de Jean-François, il revient de loin ! dit-elle en s'adressant à Guy.

Quelques minutes plus tard, le journaliste se sentait mieux et alluma une cigarette.

— Allez-vous nous dire ce qui s'est passé ? s'impatienta Guy.

— C'est à l'héritière des comtes de Limoux qu'il appartient de conter cette histoire...

— Ah ! fit Bérangère, je sentais bien que vous aviez deviné. Oui, je descends des Limoux par ma mère. Lorsque j'ai appris qu'une équipe de cinéastes s'apprêtait à rechercher la forteresse, je me suis souvenue de ce qui se transmettait de père en fils dans notre famille et j'ai décidé de tenter ma chance. Je savais seulement qu'il y avait de l'or quelque part... D'abord, c'est vous que j'ai soupçonné, Jean-François, car votre arrivée était vraiment étrange.

— Soupçonné de quoi ? coupa Agnès d'un air égaré.

— De vouloir s'approprier l'or des Limoux. Puis l'insistance des Dussafre à nous tenir en dehors de la forteresse m'a paru bizarre et je les ai observés de près. Hier soir, j'ai vu Léopoldine mettre quelque chose dans la cafetière et je me suis arrangée pour verser mon café dans le sable. Ensuite j'ai attendu. Vers onze heures, je les ai vus partir tout équipés et revenir une demi-heure plus tard avec un petit sac qui semblait très lourd.

— Moi, je les ai soupçonnés en découvrant que, contrairement à leurs déclarations, la tour était parfaitement accessible, dit le journaliste. Attention ! les voilà qui remontent...

— Couchez-vous tous les deux au fond de la barque, ordonna Guy.

Léopoldine et Martin apparaissaient, traînant la lourde caméra.

— Donnez-moi ça, dit Guy. Où sont les deux autres ?

— Ils ne sont donc pas encore remontés ? s'étonna Martin.

Léopoldine se tenait un peu en arrière, le visage crispé. Guy déposa la précieuse caméra et dit d'un ton sec :

— Jetez votre couteau, Martin.

— Mon couteau ? Mais...

— Ne discutez pas, ou bien nous vous laissons et vous regagnez la côte à la nage.

Après un court silence, Martin dégaina son couteau et le lança dans le plat-bord où la lame se ficha en vibrant.

— Et vous, Léopoldine ?

— Je ne l'ai plus, siffla-t-elle.

Jean-François se redressa et Bérangère l'imita, ce qui amena un horrible juron sur les lèvres de Martin.

Les deux malfaiteurs furent hissés dans la barque et ligotés. Tandis que Jean-François et Guy prenaient les rames, Agnès réclama des explications. Le journaliste raconta ce qui s'était passé et la jeune fille eut un frisson de terreur.

— Lequel des deux vous a attaqué ? demanda-t-elle.

— Elle, répondit Jean-François en désignant Léopoldine, dont le poignet brisé pendait. Sans Bérangère...

— Je me suis aperçue très vite de votre absence, coupa la jeune fille. Quand je sortais de la salle, j'ai vu un plongeur se glisser dans la tour. J'ai d'abord cru que c'était vous, puis j'ai réfléchi que vous étiez plus grand. Alors j'ai eu peur et me suis dépêchée de vous rejoindre.

— Sans vous, je servirais sans doute de nourriture aux poissons, déclara le journaliste avec conviction.

Et, se tournant vers les Dussafre :

138

— Vous avez certainement puisé dans le manuscrit du moine des explications sur le trésor des Limoux.

— Oui, grogna Martin. Il y était dit que la comtesse et son jeune fils Béranger se trouvaient à Beyrouth lors de la catastrophe et qu'ils avaient gagné la France totalement ruinés car toute la fortune du comte se trouvait dans la tour centrale de la forteresse. Après avoir lu ça, nous avons cherché des gens assez naïfs pour nous aider..

Il lança un coup d'œil insolent en direction de Guy puis ricana :

— Votre arrivée nous a inquiétés, nous vous avons d'abord pris pour un escroc qui voulait sa part du gâteau.

— Le comble, coupa Agnès, c'est que si nous présentons cela à *Connaissance du Monde*, ils n'y croiront pas !

— La vérité dépasse souvent la fiction, observa Jean-François.

Il soulevait la rame et la laissait retomber en cadence. Il se sentait fatigué mais content.

Soudain, il s'avisa du mutisme de Guy et l'apostropha :

— Eh bien, qu'est-ce que vous attendez, tous les deux ?

Bérangère avait rougi tandis que Guy murmurait d'un air sombre :

— L'héritière du trésor des Limoux n'est pas pour moi...

— Allons, Guy, ne dites pas de bêtises. Que cette exploration ait une fin doublement heureuse ! D'ailleurs, quand l'Etat aura pris sa part, l'héritière des Limoux ne sera pas si riche !

— Maintenant que j'ai terminé ma tâche, dit

la jeune fille, rien ne m'empêche plus de vous écouter, Guy.

Le jeune homme se retourna d'un coup pour contempler Bérangère, qui lui souriait enfin...

Lorsque tout le monde eut débarqué, les deux jeunes gens s'éloignèrent sur la plage, main dans la main, tandis que Jean-François, accompagné d'Agnès, emmenait les Dussafre au poste de police le plus proche.

Patrick Saint-Lambert.

Les brouillards de Venise

J'aime Venise en automne, Venise débarrassée des touristes, qui frissonne et s'endort dans le brouillard.

Dans le froid de ce matin, les vieilles colonnes de ses palais semblaient sortir d'un songe... Mais je n'étais pas là pour me laisser aller à des rêveries poétiques, tandis qu'accoudé à l'avant du vaporetto je regardais défiler, émergeant de la brume, les façades bordant le Grand Canal.

J'étais inquiet, angoissé même. Qu'était-il arrivé à Mario ?

Trois jours plus tôt, à Paris, j'avais reçu ce télégramme laconique : *Viens tout de suite. — Mario.*

Impossible de ne pas répondre à ce qui ressemblait à un appel au secours. J'avais aussitôt abandonné ma chambre d'étudiant et mes cours. Heureusement, vivant seul à Paris, je n'avais pas eu trop d'explications à donner ! Des copains m'avaient prêté l'argent du voyage et j'étais parti, prenant seulement le temps de câbler à Mario l'heure de mon arrivée.

Sur le quai de la gare, personne. Pourquoi n'était-il pas venu m'attendre ?... Un mystère de plus.

J'avais connu Mario l'été précédent en Bretagne. Nous y avions passé des vacances formidables. Il avait mon âge, dix-huit ans, et partageait ma passion pour la voile. En peu de temps, il était devenu plus qu'un copain, un ami. J'aimais sa gaieté et la façon soudaine qu'il avait de passer de l'optimisme le plus fou à des crises de cafard sans objet.

Au fond, je savais peu de chose de lui : il était fils de verriers. Lui-même travaillait dans l'entreprise familiale où il se voyait souvent reprocher de ne songer qu'à dessiner des formes nouvelles, négligeant un peu trop le côté commercial de l'affaire.

Nous correspondions régulièrement. Mais, pendant ces dernières semaines, le ton de ses lettres avait changé. A la drôlerie des premières avait succédé une amertume étrange, des phrases à double sens. Et puis ce télégramme... et cette absence sur le quai...

A ce moment de mes réflexions, l'arche du Rialto surgit de la brume. J'étais arrivé. Je descendis du vaporetto et me dirigeai vers la calle San Isidoro.

Je reconnus tout de suite la maison que Mario m'avait souvent décrite, à l'angle de la rue et d'un petit canal.

Je frappai plusieurs fois. Personne ne répondit. Je regardai mieux la maison, tous les volets étaient fermés. Sur la terrasse, les feuilles fanées de la vigne vierge ajoutaient à l'aspect délabré de la façade.

C'est alors que près de la porte j'aperçus un petit écriteau : *A vendre.*

Je m'éloignai sans avoir pu obtenir aucun renseignement des voisins, qui semblaient tout ignorer du sort de Mario et de sa famille.

Le soir, avant de m'endormir dans un petit hôtel du voisinage, je songeai à un autre problème : à part celui de mon billet de retour, je n'avais presque plus d'argent. Si je voulais rester pour débrouiller le mystère de la disparition de Mario, je devais travailler.

Mais trouver du travail à Venise en dehors de la saison touristique relève du tour de force ! Par une chance extraordinaire, après quarante-huit heures de vaines démarches, je réussis à me faire embaucher dans une entreprise de pompes funèbres, pour remplacer momentanément un des employés malade.

Dès le lendemain matin, je pris mon emploi et j'embarquai avec mon nouveau patron sur une gondole drapée de noir.

Malgré mon inquiétude, je ne pouvais m'empêcher de sourire en imaginant la tête que feraient les copains quand je leur parlerais de mon métier vénitien !

Nous allions à Torcello, petite île de la lagune, procéder aux obsèques d'un maître verrier.

Au moment d'aborder dans l'île, je réprimai un cri de stupeur en lisant sur le carnet de mon patron le nom du défunt : Giuseppe Emmanuelle... Il portait le même nom de famille que Mario. Etrange coïncidence !

Après le service funèbre, le cortège monta dans les gondoles ; j'avais vaguement espéré voir Mario parmi les assistants, mais en vain. Soudain je remarquai une jeune fille vêtue de noir qui lui ressemblait étrangement, une très jeune fille, quatorze ou quinze ans, pas plus.

Lorsqu'on débarqua à l'entrée du cimetière, après la traversée de la lagune, je m'approchai de d'elle et lui glissai à l'oreille :

145

— *Sono un amico di Mario* (je suis un ami de Mario).

Elle tressaillit, se tourna vers moi et je vis ses yeux agrandis par la peur. Ses lèvres frémirent comme si elle allait parler, puis brusquement elle s'écarta sans avoir prononcé un seul mot.

Le soir, rentré à l'hôtel, je trouvai en me déshabillant un papier qu'une main mystérieuse avait glissé dans ma poche. Il contenait une phrase que je traduisis sans peine et qui signifiait :

« Cette affaire ne vous concerne pas, rentrez immédiatement à Paris. »

Le lendemain, je décidai de retourner à Torcello. Le gondolier qui m'y conduisit me prit pour un touriste et me demanda si je souhaitais visiter une verrerie. Je sautai sur l'occasion :

— Pouvez-vous me conduire à la verrerie Emmanuelle ?

Mon guide fit une grimace :

— Vous savez, ce n'est pas une fabrique très importante, il y en a de plus intéressantes ; en outre, le patron n'est guère aimable avec les étrangers.

Devant mon insistance, il céda à contrecœur ; il amarra son bateau et me dirigea vers une fabrique dont le bâtiment était situé derrière la maison où j'étais venu la veille pour les funérailles de Giuseppe Emmanuelle.

Mon guide appela un vieil ouvrier qui déchargeait du sable près de l'entrée :

— Ho ! Alessandro ! Peux-tu faire visiter la verrerie à un client ?

L'homme accepta. Derrière lui, je parcourus les différents ateliers et le magasin de vente, sans trouver d'indice qui puisse m'aider dans mes recherches.

LES BROUILLARDS DE VENISE

Pourtant, au moment où j'allais sortir de la boutique, je remarquai une coupe de verre bleu posée sur une étagère, au milieu d'autres objets exposés.

Je m'approchai : le modèle de cette coupe avait été dessiné par Mario pendant nos vacances en Bretagne, j'en étais certain.

Je sortis. Les environs de la verrerie étaient silencieux, déserts, la lagune toujours noyée dans le brouillard.

Je rejoignis mon guide sur le quai et, pendant la traversée, je l'interrogeai :

— Vous dites que le patron de la fabrique est un ours ?

— Etait un ours, mon bon monsieur, on l'a enterré hier. D'ailleurs, tous ces gens sont bizarres ; on dit dans le voisinage qu'ils ne fréquentent jamais personne ; on dit aussi que, ces derniers temps, ils ont eu d'inexplicables revers de fortune...

Je ne pus en apprendre davantage. Tout le jour, j'errai au hasard des rues. Vers le soir, j'étais près de la place Saint-Marc lorsque je me sentis encadré par deux hommes. L'un d'eux me prit par le bras et me dit en français :

— S'il vous plaît, suivez-nous sans faire d'histoires.

— Qui êtes-vous ? Que voulez-vous ?

Sans répondre, ils me firent traverser la piazzetta et monter dans un canot à moteur que l'un des personnages mit en marche aussitôt ; je remarquai alors que l'autre tenait une valise à la main : ma valise !

Enfin, l'un des deux hommes parla :

— Vous avez négligé notre avertissement, monsieur, c'est pourquoi nous sommes contraints de

147

vous faire quitter Venise au plus tôt. Nous avons pris vos bagages et réglé votre note d'hôtel. Si vous êtes raisonnable, il ne vous arrivera rien.

— Mais Mario ?

— Encore une fois, le meilleur service que vous puissiez lui rendre est de vous éloigner sans faire d'histoires. Nous voici à la gare. Vous avez un train dans quelques minutes. Demain matin, vous serez à Paris, jeune homme.

En m'escortant sur le quai, il ajouta :

— N'essayez pas de revenir ici, ce serait très fâcheux pour Mario et pour vous, très fâcheux.

Ils restèrent près de moi jusqu'au moment où le train s'ébranla.

.**.

... Comment vous expliquer toutes les pensées contradictoires qui se bousculaient dans ma tête, tandis que le train roulait sur la digue reliant Venise au littoral. Partir ? Abandonner Mario à son sort ? Revenir ? Chercher à savoir malgré les menaces ?... A Mestre, ma décision était prise. Je sautai sur le quai. Je repris un autobus puis le vaporetto jusqu'à Torcello.

J'errai longtemps autour de la verrerie, en prenant soin de ne pas me montrer ; soudain, par la fenêtre d'un atelier, j'aperçus l'un des deux hommes qui m'avaient contraint à partir.

Il était vêtu de toile bleue et travaillait près d'un grand feu. Il présentait à la flamme du verre en fusion à l'extrémité d'une perche qu'il maniait avec cette habileté qui a fait la réputation des souffleurs de verre vénitiens. Des reflets rouges éclairaient son visage ; soudain un autre homme s'approcha de lui : mon autre escorteur.

Je tentai vainement d'écouter leur conversation dont quelques mots seulement me parvenaient. Un nom cependant me frappa : « calle San Isidoro ».

En un éclair, je compris : la solution était sans doute dans la vieille maison à vendre.

Je retournai en hâte à Venise. Cependant, rendu prudent par les derniers événements, j'attendis la nuit pour m'approcher de la calle San Isidoro.

Du côté de la rue, la maison semblait toujours aussi déserte ; mais, sur la façade donnant sur le canal, je remarquai de la lumière à une fenêtre.

C'était une fenêtre minuscule et grillagée au premier étage. Comme il n'y avait personne aux environs, je tentai l'escalade en m'agrippant à une gouttière dont la solidité me parut plus que douteuse. J'atteignis pourtant la terrasse. Il ne restait plus que deux mètres à franchir, les plus difficiles car je n'avais pour support qu'une fragile colonnette. Enfin la fenêtre... Il était temps, la pierre craquait sous mon poids.

Collant mon visage contre la vitre, j'aperçus Mario étendu sur un lit au fond de la pièce. Mario qui semblait dormir. Je frappai au carreau, il s'éveilla :

— Stéphane, tu es venu enfin ! Je commençais à désespérer !

— Pourquoi es-tu enfermé ?

— C'est à cause de l'oncle Giuseppe !

— Celui qu'on a enterré l'autre jour ?

— Oui, c'était lui le chef de famille. Pendant sa maladie, il m'avait accusé d'avoir volé une somme importante, plusieurs millions de lires à la fabrique. Je n'ai pu me disculper. Avant de mourir, Giuseppe a demandé qu'on ne me livre pas à la police à cause de l'honneur de la

149

famille. Alors, pour me punir, ils m'ont enfermé.

— Et tu n'as aucun moyen de prouver ton innocence ?

— Aucun. Ils ont trouvé une liasse de billets dans ma chambre et je n'ai pu expliquer leur provenance.

— Et tu n'as aucun indice ?

— Pas le moindre. J'avais réussi à t'envoyer un télégramme grâce à Lisa, ma petite sœur, mais depuis ils ont dû l'effrayer, elle n'ose plus venir me voir.

Je quittai Mario en lui promettant de tout tenter pour découvrir la vérité. Plusieurs jours passèrent pendant lesquels je cherchai désespérément le moyen de lui venir en aide. Tantôt je travaillais, il fallait bien vivre ! Tantôt je parcourais inlassablement les alentours de la verrerie et de la calle San Isidoro, épiant les allées et venues du personnel de la fabrique et des visiteurs de la vieille maison.

Une nuit, je remarquai l'étrange comportement de deux hommes autour de la prison de Mario. Lorsqu'ils eurent disparu, je tentai d'y pénétrer.

Une porte était ouverte. Je traversai le hall donnant sur le canal ; il était obscur et désert, seul le clapotis de l'eau sur les marches de pierre troublait le silence. Un canot à moteur était amarré près de l'entrée ; il était chargé de bagages.

Un bruit soudain me fit sursauter ; je n'eus pas le temps de réagir, les deux individus qui m'avaient expulsé étaient sur moi et me ceinturaient. En un rien de temps, je fus ligoté et emporté dans la chambre où se trouvait Mario. Ils m'y poussèrent et la clef tourna plusieurs fois dans la serrure.

— Ainsi, tu t'es fait prendre, soupira Mario

en s'approchant de moi. Maintenant, tout est perdu.

— Hélas ! Et juste au moment où je tenais la solution !

— La solution ?

— Bien sûr. Les auteurs du vol sont les deux hommes qui m'ont enlevé. Ils ont d'abord cherché à te faire accuser à leur place, mais mon intervention a dû les gêner ; ils s'apprêtent à prendre le large ; leur canot est devant la maison, chargé de bagages et paré au départ.

— Mes cousins Alberto et Giacomo ! fit Mario en serrant les poings. A vrai dire, je m'en doutais un peu. Depuis des semaines, ils ne quittaient pas l'oncle Giuseppe et avaient été les plus acharnés pour m'accuser.

En disant ces mots, Mario cherchait à dénouer mes liens.

— Il y a un canif dans ma poche.

Au moment où mon compagnon achevait de me libérer, un bruit nous fit sursauter : le bruit d'un moteur qu'on met en marche.

— Ils s'en vont, tout est perdu ! s'écria Mario.

— Attends, je vais essayer d'attirer leur attention.

D'un coup sec, je brisai la vitre de l'étroite fenêtre, à travers laquelle il n'était pas question de s'échapper : au-dessous était la terrasse, au-dessous encore le canal. J'empoignai un vase qui se trouvait sur la cheminée et le lançai de toutes mes forces. Le bruit qu'il fit en touchant l'eau me parut bien léger, pourtant le moteur s'arrêta.

— Ils doivent s'inquiéter et vont sans doute monter. C'est le moment d'agir. Dissimule-toi derrière la porte ; lorsqu'ils entreront, tu t'échapperas pendant que je les retiendrai d'une manière ou d'une autre.

Un pas résonna dans l'escalier, Mario se coula derrière la porte. Lorsqu'elle s'ouvrit, j'attendis un instant que les hommes soient entrés avant de m'élancer... Une seconde de surprise dont Mario profita pour s'échapper... A deux contre un, la lutte était inégale, je sentais que j'avais le dessous, mais je devais tenir assez longtemps pour le laisser se mettre hors d'atteinte... Enfin le bruit du moteur du canot ! Mario avait réussi à le mettre en marche. Un coup de poing plus sec et je m'évanouis...

*
* *

Le brouillard s'est dissipé... Venise a repris ses couleurs de carte postale lorsque Mario me reconduit à la gare... Le Mario gai et dynamique des beaux jours.

Notre aventure est terminée... La veille, tandis que je me battais contre les deux cousins, Mario avait eu le temps de conduire le canot au poste de police le plus proche où une fouille rapide avait permis de retrouver dans les bagages les millions volés. A la fabrique, Mario a vite repris sa place avec les excuses du clan familial.

Moi, je regagne Paris, non sans regret... Je vous l'ai dit : j'aime tant Venise dans le froid et la brume...

Claire GODET.

On a volé un Van Gogh

« Kziii !... » Accroupi, les bras serrés autour des genoux, Gervais s'appliquait à ne freiner qu'avec les semelles de ses souliers. La pierre crissa une dernière fois et Gervais s'immobilisa brutalement. Encore trois glissades sur le plan incliné, en bordure des escaliers, et il atterrirait devant la porte de l'école, rue Foyatier.

Il s'offrait ainsi tous les jours la descente complète. Sortant sagement de l'échoppe de son père, cordonnier rue Gabrielle, dès qu'il était hors de vue il remontait jusqu'au Sacré-Cœur. Et là, il se lançait avec une crainte délicieuse, que justifiait souvent l'apparition du directeur au bas des marches.

— T'es en avance pour l'école, mon gars ! Viens donc voir un peu ici, dit une voix qui n'était pas celle du directeur.

C'était le père Chazel. Gervais l'aimait bien, parce que le bonhomme lui avait donné un vieux chevalet, le laissait s'installer dans un coin du hangar qui lui servait d'atelier, et surtout parce qu'il lui arrivait de s'intéresser à ses œuvres.

— Bien, ça, mon gars ! disait-il.

Dernièrement, même, le père Chazel lui avait donné une toile et s'était mis à le conseiller. Gervais ne doutait pas que le père Chazel fût un grand peintre. Le public s'en apercevrait plus tard. Pour l'instant, ses œuvres reposaient dans un coin. Il leur arrivait d'être exposées dans la boutique, qu'on appelait pompeusement « la galerie ». Le gamin rêvait du jour où son vieil ami exposerait une œuvre de Gervais Joffroy... En attendant, la galerie subsistait grâce aux fournitures pour peintres.

Ils étaient dans l'atelier et le bonhomme regardait Gervais, qui regardait un tableau sur lequel tombait, par la verrière, la lumière de mars.

Gervais voyait une étrange prairie, tourmentée et folle, sous un grand soleil tournoyant. Il y avait un oiseau, un seul, aux ailes d'un noir de truffe, et tout penchait d'un seul côté. Il ne savait pas si c'était beau ou laid. Il se tourna vers le père Chazel et sut que c'était beau.

— Hein ! mon gars ? C'est un Van Gogh !

Le vieux en avait les larmes aux yeux.

Gervais en oublia ses glissades et descendit tout pensif jusqu'à l'école. Il n'entendit même pas venir Jojo, qui chantait pourtant comme à son habitude :

> *Y avait un gars qui s'appelait Hubert,*
> *Il était né dans un camembert...*

Pendant toute la leçon de calcul, il pensa au tableau, il se rappela ce qu'avait dit le père Chazel : « Un vrai miracle, mon petit Gervais. C'est Cousteau qui m'a apporté ça. Tu sais, le rouquin qui peint toujours la rue des Saules. Ça représente une fortune, mais il ne veut pas le vendre. C'est un dépôt, il avait besoin de peinture et il me doit près de trois mille francs... »

Le lendemain était un mercredi. Ce jour-là, Gervais et Jojo avaient l'habitude de descendre jusqu'au boulevard de Rochechouart où la sœur de Jojo est serveuse aux plats chauds d'un libre-service. Après avoir cherché au grand air des émotions de Peaux-Rouges, ils se glissent, vers midi, derrière le comptoir où Céline officie. Celle-ci est bien trop occupée pour les remarquer.

Entre le guichet par où arrivent les plats et la cloison du comptoir où on les expose se trouve une niche étroite. En se pliant, les jambes bien serrées sous le menton, on peut y loger à deux. La cloison n'arrive pas tout à fait jusqu'au plancher ; on ne voit que les chaussures des clients qui défilent pour prendre leurs plats. Là, dans l'air lourd d'odeurs de saucisses et de frites, Gervais et Jojo s'offrent une bonne partie de « tennis-santiag ». Il s'agit de voir le premier les « santiag » (1) qui s'avancent de l'autre côté de la cloison. On compte alors 15, puis 30, puis 40, etc., comme au tennis. C'est presque toujours Jojo qui gagne. C'est incroyable comme les santiag sont nombreuses dans ce quartier.

Ils sont arrivés depuis dix minutes à peine.

— Avantage ! crie Gervais.

— Non, dit Jojo. C'est pas des vraies santiag.

— Pas des vraies ?

Les bottes sont là, arrêtées par la perplexité du client devant l'étalage. Jojo a raison, le bout est pointu à souhait, mais le talon est droit. Elles sont pourtant cloutées sur le dessus.

— T'es mauvais joueur ! dit Gervais avec amertume.

---

(1) Bottes à bout effilé et à talon oblique.

Au-dessus de leur tête, on remue un plat.

— Vous n'avez pas de choucroute ?... Un Van Gogh, mon vieux, de la dernière époque, celle de la folie.

La première partie du discours s'adressait à Céline, la fin à un autre client. Gervais rayonne.

— Ça y est, c'est Van Gogh ! dit-il.

— Van Gogh ?

— Oui, le nom du peintre. Cherche pas, tu ne peux pas comprendre.

∴

Quand Gervais rentra de l'école, le jeudi, son père était engagé dans une conversation très animée avec Marco, du *Rendez-vous des Amis*.

— Vous y croyez, vous ? disait-il en pointant son alêne vers le tablier bleu de Marco.

— Le pauvre vieux n'est pas assez malin, répondait l'autre. Mais, bien sûr, tout est contre lui. Quand le gars est venu avec ses trois mille francs pour dégager son tableau, il n'y était plus.

— Paraît que ça vaut un demi-million !

Comme si pareille somme envolée rendait à Joffroy la notion précieuse du temps, il enfonça l'alêne dans le cuir. La chaussure tourna sur le pied de fer.

— Qu'il ait fait le coup ou qu'on l'ait volé, il est responsable. De toute façon, il ne pourra pas payer !

Marco haussa les épaules, et Joffroy dit avec conviction :

— Moi, j'y crois pas. Le père Chazel est un brave type !

— Bien sûr, mais allez donc dire ça au commissaire. Et puis... brave type... Y en a qui cachent leur jeu.

Gervais ne mangea pas ce jour-là. L'image du père Chazel en prison avec un quignon de pain et une cruche d'eau lui coupa l'appétit. Il avalait ses larmes.

— Cet enfant est malade, affirma la mère.

— Qu'est-ce qu'on va lui faire, dis, m'man, au père Chazel ?

— Est-ce que je sais ? Tu ferais mieux de manger !

— Pas faim...

A quatre heures et demie, Gervais retrouva Jojo devant la quincaillerie de la rue Berthe. Jojo s'était informé.

— La concierge n'a rien vu, rien entendu. Il est vrai qu'elle est sourde et qu'elle dort comme une souche. Il n'y a pas eu effraction. Celui qui est entré avait la clef.

L'absence d'effraction accabla Gervais. Elle semblait condamner le père Chazel.

— C'est facile à faire, une clef, continua Jojo. On flanque du chewing-gum dessus et on prend l'empreinte !

Jojo avait une compétence puisée dans les romans policiers qu'il chipait à sa sœur.

— Alors, on ne pourra rien faire ? dit Gervais que les larmes étouffaient.

— Fallait tout de même savoir que le tableau était là et fallait aussi « avoir accès au lieu ».

Jojo parlait aussi bien qu'un inspecteur de police. Le chagrin n'empêche pas l'admiration. Gervais admirait.

— Si on allait le voir, suggéra-t-il.

— Le voir ? Où ça ?

C'était au tour de Jojo d'être médusé. Si irréalisable que fût le projet, il se sentait vaguement offensé de n'y avoir pas pensé le premier. Les deux amis dégringolèrent jusqu'à la petite place où se tient le poste de police.

— Qu'est-ce que tu veux ?

L'agent avait rabattu vers le trottoir le canon de sa mitraillette.

— Qu'est-ce que tu veux ? répéta-t-il.

— Je suis un ami du père Chazel, dit enfin Gervais.

Puis il se tut, comme si cela suffisait à tout expliquer. L'agent les considérait en silence.

— Et alors ?

Jojo avait retrouvé son assurance.

— On voudrait le voir, on voudrait dire au commissaire que c'est pas lui qui a fait le coup, parce que n'importe qui, avec une fausse clef, a pu entrer.

L'agent se mit à rire.

— Te fatigue pas, mon garçon, probable que le commissaire est au courant. Mais si tu sais quelque chose sur le gaillard à la fausse clef, tu feras bien d'aller le lui dire. C'est le seul moyen d'aider le vieux Chazel. D'ailleurs, ce n'est pas ici, c'est au commissariat de la rue Custine qu'il faut aller.

Gervais pensa que la rue Custine était de l'autre côté de la Butte. Tout cela était bien difficile...

— On va interviewer Cousteau, dit Jojo.

— Suffirait peut-être qu'il retire sa plainte.

Ils n'eurent pas à aller loin. Depuis le matin, Cousteau racontait son histoire place du Tertre. Ils le trouvèrent devant le restaurant de la mère Catherine. Depuis qu'il la racontait, son histoire, sa colère avait eu le temps de croître. Il tenait par le bouton de sa veste un grand blond au regard placide qui avait abandonné son chevalet.

— Toute la boutique y passera, je te dis ! Toute la boutique ! J'ai un reçu du père Chazel, et je venais juste de faire expertiser la toile. Cinq cent mille francs ! Le vieux a des économies, un fonds de fournitures pour peintres... Je ferai tout vendre, il sera sur la paille !

Le grand blond haussa les épaules.

— S'il a mis le Van Gogh à l'abri, il est gagnant de toute façon.

— Pas sûr, mon vieux. Va donc essayer de le vendre, avec le bruit que ça fait chez les marchands de tableaux !

Un garçon râblé, en pantalon de velours et cravate rouge, se tenait sur le seuil du restaurant.

— Eh ! Ludo, cria-t-il, laisse tomber. Qui pourrait refiler un Van Gogh ?

La remarque dut suffire à convaincre le grand blond, qui retourna à son chevalet.

Quand Cousteau, quelques minutes plus tard, se trouva nez à nez avec Jojo et Gervais, il était encore rouge d'excitation, mais sa colère semblait tombée.

— Msieur !

— Hein ?

L'homme regardait les enfants. Ce visage en lame de couteau, ces yeux froids durent rendre évidente l'inutilité de la requête car Jojo lui-même répondit :

— Rien.

Il tira Gervais par la manche.

— Tu rêves ?

Oui, Gervais rêvait. Il entendait encore le garçon qui avait appelé Ludo : « Qui pourrait refiler un Van Gogh ? » Et cela lui rappelait vaguement

161

quelque chose, qu'il eût sans doute découvert si Jojo n'avait pas été là.

— On redescend ?

La pensée de Gervais retrouva le père Chazel enchaîné avec boulet, cruche d'eau et croûton de pain ; la phrase cessa de danser, emportant le signe que Gervais venait d'apercevoir sans le reconnaître.

.**.

Huit jours passèrent. En huit jours, le quartier oublia le père Chazel. Gervais ne peignait plus, il en avait perdu le goût. Alors qu'il jouait à cache-cache dans la cabane à outils, près du funiculaire, un gardien gentiment complice lui avait dit :

— On n'entend plus parler de ton vieil ami le père Chazel ; c'était peut-être un vieux filou !

A partir de ce moment, le jeu avait perdu tout son charme, et Gervais était rentré dans l'échoppe qui sentait le cuir et la poix. Il s'était assis sur une caisse, près de son père. Celui-ci venait de lui dire :

— Si tes devoirs sont finis, mon garçon, retourne jouer au grand air, tu es bien pâle.

C'est alors qu'il *les* vit. Elles étaient dans le tas, parmi les chaussures « à faire », sous l'étagère. Il reconnut le bout effilé, le talon droit, la disposition des clous... Cela ne lui rappela d'abord que la mauvaise foi de Jojo au tennis-santiag. Puis soudain la phrase fondit sur lui, associée aux bottes : « Un Van Gogh, mon vieux, de la dernière période, celle de la folie. » Puis, tout naturellement, il la compléta par celle prononcée par l'ami de Ludo, place du Tertre : « Qui pourrait refiler un Van Gogh ? » Le gars du self-service roulait les r exactement comme l'ami de Ludo ; à ce moment-là, le Van Gogh n'avait pas encore disparu... C'était vraiment trop éblouissant.

— A quoi penses-tu, avec cet air idiot ?

— A rien. Je retourne jouer.

Il fallait voir Jojo, et tout de suite.

Assis l'un près de l'autre sur une marche du sentier grimpant, Gervais et Jojo réfléchissaient.

— D'abord, retrouver l'ami de Ludo, puis savoir à qui appartiennent les santiag...

La horde du grand Bob passa en trombe, les bousculant sans les voir.

Le dernier de la bande, Ahmed, trébucha sur Gervais, se retint à Jojo et se retrouva assis entre les deux amis.

— Qu'est-ce que vous faites là, tout seuls ?

Jojo arrêta sur Ahmed un regard qui venait de loin :

— Sais-tu où habite Ludo, le grand peintre blond qui est toujours devant le restaurant de la mère Catherine ?

Ahmed était toujours bien renseigné.

— Ludo et Yan ? On ne les voit plus depuis huit jours. Qu'est-ce que ça peut vous faire ?

Bon prince cependant, devant leur silence, il compléta :

— Il paraît qu'ils ont laissé des notes impayées un peu partout. Impossible de les retrouver.

Bob ululait maintenant du côté de la rue Seveste, et Ahmed reprit sa course.

— C'est pas eux, dit Gervais. Quand on a un Van Gogh qui vaut si cher, on ne laisse pas de dettes.

— On peut avoir un Van Gogh et pas un sou, puisqu'ils ne peuvent pas le vendre.

C'était juste, et Gervais reprit espoir. Restait la piste des santiag. Celui qui les avait données à ressemeler viendrait bien les chercher.

Il faudrait agir prudemment pour n'éveiller aucun soupçon. Le soir même, Gervais put constater que les bottes se trouvaient réparées. Mais le lendemain était un mardi et il serait à l'école. Pourvu que le propriétaire ne vienne pas chercher ses santiag tout de suite ! Par prudence, Gervais en cacha une... Mais personne ne vint.

Et, le mercredi, la faction commença.

L'échoppe était trop petite pour qu'on pût s'y tenir près du père sans éveiller l'attention. La partie de billes sur le trottoir ne pouvait durer tout le jour. Mme Joffroy envoya les garçons jouer sur les terrasses.

L'après-midi, Gervais et Jojo continuèrent la partie dans le haut de la rue Drevet, d'où l'on apercevait l'angle de l'échoppe. Tout était prêt pour une filature si celle-ci était nécessaire. Ils avaient chacun un carnet de tickets de métro. Gervais avait mis dans sa poche les 7 F de sa tirelire et Jojo les 50 F donnés par son grand-père et destinés à ouvrir un livret de caisse d'épargne.

C'est vers quatre heures que tout commença. L'homme vint par le bas de la rue Drevet et surgit de l'escalier.

— Ça y est ! dit Gervais, qui le vit le premier.

Ce n'était pas Ludo, c'était l'autre, le petit râblé, qui roulait les r.

L'inquiétude, l'angoisse de l'attente cessèrent soudain. Les deux garçons, devant l'aventure qui commençait, trouvaient en eux l'instinct du chasseur. Il fallait, coûte que coûte, suivre le gibier jusqu'au repaire où il cachait la toile pleine de tourbillons.

L'ami de Ludo, en sortant de l'échoppe, descendit rapidement vers le boulevard de Rochechouart. C'est au-delà de cette frontière que commençaient les terres inconnues. L'homme, maintenant, avec son paquet sous le bras, flânait devant les vitrines. Place Blanche, il hésita, regarda sa montre, puis héla un taxi.

C'était, parmi toutes les possibilités prévues, celle que Jojo et Gervais craignaient le plus. Le hasard, pourtant, leur fut favorable. Avant même que l'ami de Ludo n'ait pris place dans sa voiture, ils avaient grimpé dans une 504 dont l'occupant venait de descendre. Le chauffeur les considérait avec perplexité. Ni Gervais, avec la mèche blonde qu'il remontait continuellement sur son front, ni Jojo, avec ses yeux trop assurés, ses mains dans ses poches, n'entraient dans la catégorie de ses clients habituels. Quand il eut demandé : « Alors, les mômes, où va-t-on ? » et que Jojo eut répondu : « On suit le gros taxi rouge, là, sans se faire remarquer », la nature insolite de la course ne sembla pas faite pour arranger les choses.

Le chauffeur, cependant, enclencha son compteur et embraya. L'un suivant l'autre par les rues encombrées, les sens uniques, les deux taxis descendaient vers la rive gauche.

Chaque fois qu'il levait les yeux, Gervais rencontrait dans le rétroviseur le regard intrigué du chauffeur.

— Qu'est-ce que vous lui voulez, au gars qui est dans l'autre voiture ? demanda-t-il enfin.

Gervais n'avait pas prévu la question. Il resta la bouche ouverte.

— C'est un client de son père, dit Jojo. Il n'a pas payé sa dernière réparation. On veut savoir où il habite.

— Qu'est-ce qu'il fait, ton père ?

— Cordonnier.

Jusqu'à la place d'Italie, le chauffeur ne dit plus rien. Jojo, qui regardait le compteur, sentait grandir son inquiétude. La gorge serrée, il finit par dire :

— On n'a que 57 F, m'sieur !

Le chauffeur à son tour regarda le compteur : 42,50 F. Dans le silence qui suivit cette déclaration, Gervais, comme on se jette à l'eau, eut un grand coup de courage :

— Faudrait pas lâcher la piste, c'est très important.

— Ça va, dit le chauffeur, je ne prendrai pas de pourboire.

Porte d'Italie, Jojo eut une inspiration :

— On pourrait vous donner des tickets de métro ?

Il tenait bien serrés dans sa main son billet de 50 F et les pièces de Gervais.

Soit que l'inquiétude des enfants eût ému le chauffeur, soit que cette chasse eût fini par l'intéresser, le compteur marquait 59 F quand le taxi s'arrêta avenue de Choisy, au coin d'une petite rue. L'autre voiture s'y était engagée et l'homme en descendait devant un immeuble d'assez minable apparence.

— Merci, m'sieur ! disait Gervais, tandis que Jojo offrait en vain ses tickets de métro. Pour le reste, on vous le paiera. J'habite 5, rue Berthe.

Et maintenant ?

Gervais et Jojo, les mains dans les poches, passèrent en sifflotant devant la porte par où venait de disparaître l'ami de Ludo. Le plan était de s'introduire dans l'appartement, de découvrir le Van Gogh. Cela regardait Gervais. Jojo, lui, resterait dans la rue. Si quelque chose d'inquiétant survenait, il sifflerait l'air de Goldorak. Il préviendrait la police si les voleurs séquestraient son ami. Gervais prit une grande inspiration :

— Bon, j'y vais ! dit-il.

Et il entra dans le couloir. Pas de concierge. Au bas de l'escalier, un vestibule encombré recevait d'un vasistas une lumière à peine suffisante pour distinguer les noms sur les boîtes aux lettres. Il grimpa sur une poubelle et trouva ce qu'il cherchait : Ludovic Marquette et Yan Nikolesco habitaient au quatrième droite. Chaque étage se divisait en quatre logements. Gervais s'arrêta sur le palier du quatrième. Derrière la porte de droite, il entendit la voix de Ludo et celle de son ami : les deux voix du libre-service.

— J' te dis qu'il en fait trop ! On en parle partout. L'intérêt, maintenant, c'est de se taire, disait Yan.

La voix placide de Ludo lui faisait écho :

— Ne t'énerve pas, puisqu'on ne vend pas ! De toute façon, l'opération est réussie.

Gervais aurait voulu défoncer la porte ! Il se contint. D'après le plan, il devait attendre que les deux gaillards soient sortis pour essayer les clefs que Jojo s'était procurées.

Gervais monta au cinquième, s'assit sur la dernière marche et attendit. Il n'aurait su dire depuis combien de temps il était là lorsqu'un juron énergique retentit au quatrième droite, puis :

— On va dîner, oui ou non ?

Quelques minutes plus tard, la porte s'ouvrait

et Gervais suivait des yeux, s'enfonçant dans l'ombre de l'escalier, la tête brune de Yan, la tête blonde de Ludo. Puis il entendit se refermer la porte de la rue.

Gervais descendit un étage. Sa main tremblait un peu quand il introduisit le passe-partout dans la serrure, mais celle-ci céda sans difficulté et le garçon entra. Partagé entre le sentiment de son triomphe et la crainte d'être surpris, il regardait autour de lui. Deux pièces assez grandes, mais encombrées par les lits, la table, l'armoire, l'évier, le réchaud à gaz. Une odeur de térébenthine, de peinture fraîche vous prenait à la gorge. Des toiles dans tous les coins ; des toiles aussi dans une penderie mal dissimulée derrière un rideau. Le garçon s'approcha de la fenêtre ouverte. En face, assis sous une porte cochère, Jojo semblait somnoler.

Il ne restait plus qu'à découvrir le Van Gogh du père Chazel. C'était presque trop facile... Mais aucune des toiles ne représentait la folle prairie où volait un corbeau. L'armoire ne contenait que des vêtements. La penderie ? Un pardessus, un imperméable, une dizaine de toiles tournées vers le mur, toutes représentant des paysages de la Butte. Aucune cachette secrète, Gervais était sûr d'avoir regardé partout. Il en aurait pleuré de déception.

Pourtant, il était certain de ne pas s'être trompé : la conversation surprise au libre-service ; la disparition du tableau ; l'échange des propos place du Tertre, devant Cousteau furieux ; la voix reconnue, puis la paire de bottes dans l'échoppe : tout cela faisait preuve. Mais le tableau n'était pas là...

— Qu'est-ce que tu fais ici ?

168

La foudre tombant sur Gervais ne l'eût pas pétrifié davantage.

La porte venait de s'ouvrir, et Cousteau le regardait. Avec cet air impitoyable et résolu qui avait déjà figé les paroles dans la gorge de Gervais, place du Tertre. L'homme ne semblait pas le reconnaître. Le garçon fit face au danger :

— Je suis le fils de la blanchisseuse. J'attends m'sieur Ludo, pour le linge.

— Eh bien, on va attendre ensemble ! dit Cousteau en s'asseyant sur un lit.

— Il y a déjà un moment que je suis là. Va falloir que je m'en aille.

Il fit un pas vers la porte. Cousteau l'arrêta.

— Une minute ! Il n'y avait personne et tu as pu entrer ?

— C'était pas fermé.

— Tu m'étonnes. Attends un peu.

Surtout ne pas s'affoler ! Gervais tourna vers Cousteau un regard innocent. L'homme venait de tirer le rideau de la penderie et, bien qu'il parût rassuré, il continua de considérer l'enfant avec attention.

— Comment t'appelles-tu ?

— Gervais. Paul Gervais.

Il répondait avec un aplomb qui l'étonnait lui-même.

— La blanchisserie Gervais ? dit Cousteau. J'ai habité le quartier, connais pas ! Mais il me semble t'avoir déjà vu.

L'enfant épiait sur le visage en lame de couteau le retour du souvenir ; il ne vint pas.

— En tout cas, attends Ludo, qu'on tire au clair cette histoire de linge.

L'arrivée du propriétaire du Van Gogh chez les voleurs présumés jetait sur toute l'affaire une lumière assez troublante. Tout en feignant d'accepter tranquillement cette situation, Gervais réfléchissait. Ou bien Cousteau ignorait que Ludo et Yan l'avaient volé, ou il était complice. Plus il réfléchissait, plus il penchait vers la deuxième solution. Si le peintre ne craignait rien, pourquoi ne le laissait-il pas partir ? Un coup d'œil dans la penderie avait suffi à l'apaiser un instant. Donc le tableau était là ! Pourtant Gervais avait regardé les toiles l'une après l'autre, et toutes, il en était sûr, étaient des œuvres de Ludo. Il bâilla avec autant de naturel qu'il put.

— Dites donc, m'sieur, ma mère va s'inquiéter.

L'homme avait l'air de penser à autre chose.

— Puisqu'elle sait où tu es, elle viendra te chercher.

C'est alors que, de la rue, monta l'air de Goldorak. Le sang de Gervais se glaça. Il était pris au piège. Jojo n'avait pas dû reconnaître Cousteau, puisqu'il n'avait pas sifflé pour l'annoncer, et il ignorait que Gervais n'était pas seul.

Il ne restait qu'un espoir : Jojo, ne le voyant pas descendre, appliquerait le plan, appellerait la police. Il suffisait de gagner du temps. Gervais s'approcha de la fenêtre : d'en bas, son ami lui faisait signe de descendre. Déjà, dans l'escalier, on entendait des pas ; les voix résonnèrent sur le palier :

— ...te dis qu'il se moque de nous !

— C'est sûr, et on sera les dindons.

Les deux hommes devaient chercher leur clef. Gervais cachait assez bien la panique qui le gagnait, mais il eut un geste imprudent. Tandis que Cousteau écoutait ses complices à travers la porte, il fit de la main, à l'adresse de Jojo, un signe d'impuissance.

— Eh là !

Il sentit sur ses cheveux le souffle de l'homme.

Au moment où la porte s'ouvrait, Cousteau avait bondi et, invisible de la rue, regardait par-dessus la tête de l'enfant. Ce qu'il voyait remplit Gervais d'épouvante : Jojo, déchaîné, dans une mimique qui exprimait sans équivoque l'urgence de la fuite ! Cousteau tira Gervais en arrière et, se tournant vers les deux hommes interdits, ordonna d'une voix contenue mais sans réplique :

— Vite, ne cherchez pas à comprendre. Descendez et assurez-vous du gosse qui gesticule sur le trottoir d'en face !

Gervais fut brutalement jeté au fond de la pièce, sur le lit. Son cœur battait avec un bruit qui lui remplissait la poitrine et la tête. Pourvu que Jojo n'attende pas ! Pourvu qu'il se soit déjà sauvé... Cousteau attendait, froid comme une lame.

Ce ne fut pas long. Gervais entendit monter de la rue le cri de son ami. Une minute plus tard, celui-ci était rudement poussé près de Gervais terrifié. Yan se frottait la main.

— Il m'a mordu !

Puis il parut réfléchir, vint tranquillement donner à Jojo une gifle qui le jeta contre le mur et se tourna vers Cousteau :

— Comprends pas. Si on veut passer inaperçus, vaudrait mieux pas ouvrir ici une pouponnière !

Cousteau n'était plus le gaillard qui racontait son histoire à grands cris sur la Butte. Il ne jouait plus la comédie. Et cette sobriété était plus inquiétante que la violence. Il regardait les deux garçons, qui tremblaient sous son regard aigu.

— Moi non plus, je ne comprends pas, dit-il.

171

Cette histoire de linge est évidemment une invention. Allons, que faites-vous ici ?

Ludo sembla seulement s'apercevoir de ce que la situation présentait d'insolite :

— C'est vrai ! dit-il. Si c'est toi qui as amené ce gosse, je me demande comment vous êtes entrés !

L'impatience de Cousteau ne fut sensible que par le timbre de sa voix, à peine perceptible. C'est à ses complices qu'il s'adressait maintenant :

— Il va falloir qu'on règle ça à nous trois. A toi, Nikolesco, fais-moi parler ces deux lascars !

Yan et Ludo considéraient la scène avec une inquiétude croissante. Ludo sembla avoir compris le premier. Sa voix sonore, après le sinistre chuchotement de Cousteau, fut pour les enfants une sorte de délivrance.

— Tu prends ces moutards pour des gangsters ! Cette marmaille-là, ça parle, pas besoin de la « faire parler » !

Ludo avait raison. Ni Jojo ni Gervais n'auraient la force de résister à la peur que la voix de Cousteau venait de faire naître. L'enquête exaltante et généreuse pour la justification du père Chazel finissait là...

— Alors, quoi, t'as entendu ? Comment es-tu entré ici ? cria Ludo.

Tremblant, Gervais tendit le passe-partout.

— Avec ça.

Devant Cousteau immobile, l'interrogatoire, mené par Yan et Ludo, dévoila toute la courageuse, toute la pauvre aventure. Quand ce fut fini, les deux hommes se regardèrent, abasourdis. Avec une dangereuse douceur, Cousteau demanda :

— A qui avez-vous raconté cette histoire ?

Jojo et Gervais répondirent ensemble :

— A personne !

Puis ils se turent et tremblèrent parce que Cousteau venait de se mettre à sourire.

Yan et Ludo se regardaient. Soudain Ludo éclata :

— Ah ! non, mon petit bonhomme ! Pour l'affaire du Van Gogh, j'en étais, mais pour ce que tu penses, pas question.

Cousteau sembla avaler à la fois ses lèvres et son sourire.

— Comment peux-tu savoir ce que je pense ?

Il eut un mouvement du menton vers les enfants :

— En attendant, enferme-moi ça dans la chambre, qu'on soit un peu tranquille !

C'est Ludo qui poussa Gervais et Jojo dans la pièce voisine. Il le fit rudement.

— Espèce de petits crétins ! cria-t-il. Je vous montrerai, moi, ce qu'il en coûte de vous mêler de mes affaires !

Gervais et Jojo, la tête basse, sentaient pourtant que leur seule chance de salut était dans cette colère de Ludo.

Quand la porte fut refermée, ils restèrent sans mouvement. Enfin Jojo avisa le lit, sur lequel il s'assit. Les deux garçons se taisaient, dépassés par la situation. Jamais Gervais ne s'était senti moins intelligent, moins rusé, moins courageux. Il regarda Jojo à la dérobée.

— On pourrait crier, dit-il timidement.

— Ils ne seraient pas longs à nous faire taire !

Tout de même, d'avoir prononcé deux phrases, cela faisait du bien.

— On ne s'était pas trompé, constata Jojo, comme si c'était une compensation.

— Le tableau est dans la penderie, mais je me demande où. Je les ai tous regardés.

Jojo haussa les épaules. Ce n'était pas le tableau mais leur propre sort qui le préoccupait.

— Je ne crois pas que Ludo les laisserait...

— Ils vont peut-être nous garder jusqu'à ce qu'ils aient touché l'argent, et après ils disparaîtront, hasarda Jojo avec un certain optimisme. As-tu un crayon ?

Gervais avait toujours un crayon. Ils se procurèrent du papier en décollant un morceau de la tapisserie. Alors il écrivit : *Nous sommes au quatrième étage, prisonniers des voleurs du Van Gogh, Ludo, Yan et Cousteau.* Chacun signa de son nom. La fenêtre donnait sur une cour étroite. Ils eurent du mal à faire tourner l'espagnolette, qui ne devait pas servir souvent. Le papier glissa dans l'entrebâillement, tourbillonna, alla tomber dans un coin près de trois poubelles. En refermant la fenêtre, il y eut un grincement. Immédiatement Yan fut là.

— On voulait seulement donner de l'air, dit Jojo.

D'instinct Gervais leva le coude pour se protéger. Les coups se mirent en effet à pleuvoir et il se retrouva par terre, près de Jojo qui s'était mis en boule.

— Et ça ose bouger ! dit Cousteau de sa voix calme. Puisque tu es tout seul de ton avis, c'est toi qui prends la responsabilité du lot, continuat-il en s'adressant à Ludo. Jusqu'à nouvel ordre, tu nous les garde. Veux-tu des cordes?

Ludo regarda les gosses en haussant les épaules :

— J'en fais mon affaire comme ça.

Alors commença la longue attente. Cousteau et **Yan** sortirent. Yan revint seul pour la nuit. Recroquevillés sur une descente de lit lépreuse, les enfants dormirent d'un sommeil coupé de cauchemars. Au matin, Gervais entendit le bruit des poubelles. Assis par terre près de la fenêtre, il apercevait le coin de la cour où le morceau de papier gisait toujours. Un peu plus tard, un gros homme les ramena vides. Il poussa du pied le papier derrière l'une d'elles, puis, pris de remords, le ramassa en bâillant ; il le tint un court instant et le jeta aux ordures. Il sembla à Gervais qu'une pierre lui tombait sur le cœur.

Quand, un peu plus tard, Jojo demanda :

— Et le papier ?

— Il n'est plus là, dit Gervais.

Mais il n'eut pas la cruauté de préciser et laissa Jojo se frotter les mains.

Les échos du monde arrivaient par la radio que Ludo allumait dès que Yan était parti. C'est ainsi que, le matin, ils entendirent l'appel : « On recherche... disparus du domicile de leurs parents depuis hier après-midi. Georges porte une culotte courte en drap gris usagés... Gervais... »

— Eh bien, dit Ludo qui venait d'installer son chevalet dans la chambre, c'est une veine que les deux autres n'aient pas entendu ça !

Et il entreprit de faire le portrait de Jojo. On ne peut pas avoir peur tout le temps. Gervais le regardait faire avec intérêt. Ludo ne peint pas avec un pinceau mais avec un couteau, et il écrase sur la toile de grosses taches de couleurs. De près, c'est affreux, mais il suffit de reculer un peu, de cligner les yeux ; alors les couleurs se pénètrent, et c'est bien Jojo... Van Gogh devait peindre de cette façon.

— Tu veux essayer ?

175

— Oh ! oui.

Quand il revint, Yan trouva l'homme et le garçon côte à côte, et le portrait fait par Gervais n'était pas si mal réussi.

— Tu es complètement fou !

Le couteau à cran d'arrêt sembla surgir dans la main droite de Yan. Jojo poussa un cri, mais le couteau ne s'en prenait pas au modèle. Les deux toiles lacérées gisaient maintenant sous la table où Gervais, à quatre pattes, essayait de sauver son œuvre.

Il faillit, lui aussi, se mettre à crier. Son regard plongeant machinalement dans la cour, il aperçut une petite fille de huit ans environ qui découpait un morceau de papier... Et voilà qu'elle lisait, levait la tête, regardait le rideau que Gervais agitait. Tranquille, elle fit un signe. Si c'était un jeu, elle en connaissait les règles. Le grand peintre blond était le voleur, les garçons étaient les prisonniers, elle le gendarme. Elle mit ses mains en porte-voix, cria : « J'y vais » et courut vers l'escalier.

— C'est fini ? disait Yan.

D'un coup de pied méprisant, il poussa Gervais vers le centre de la pièce.

« Cette fois, pensa le garçon, oui, c'est bien fini. » Et il attendit que la petite vînt aussi se faire prendre au piège.

C'est Ludo qui alla ouvrir.

— Je suis le gendarme, dit-elle.

— Et moi le voleur, répondit Ludo. Maintenant, va-t'en, Nicole, je n'ai pas le temps de jouer aujourd'hui.

L'enfant insistait, mais ce qu'elle disait se perdit dans un bruit de porte claquée. Au même instant, Cousteau arrivait, annonçant de sa voix sans timbre :

— Ça y est ! On cherche les gosses. Leur signalement est donné. Je les emmène ce soir.

Gervais serra dans la sienne la main de Jojo, il n'en pouvait plus d'émotion.

Nicole, cependant, descendit l'escalier en chantant et se dirigea vers la rue. Une averse avait transformé les caniveaux en torrents. Convenablement plié, le message des garçons y affronta les naufrages tandis que la petite chantait : *Ohé ! ohé ! matelot !...*

Elle vit, sans y prendre garde, un taxi s'arrêter au coin de la rue. Le chauffeur sortit de la voiture, avec un homme dont l'air inquiet attira l'attention de la fillette. Deux solides gaillards les suivaient. Elle entendit le chauffeur déclarer :

— Ils suivaient un homme qui est entré là ou là.

— On ne peut pas se tromper, dit celui qui l'accompagnait. Si ces hommes sont les voleurs du Van Gogh...

— Oui, c'est des voleurs, dit Nicole. Les garçons sont prisonniers et moi...

C'est la voix de la petite fille que Gervais entendit d'abord, et il sentit le désespoir l'envahir.

— C'est là, disait-elle. Les prisonniers sont dans l'autre chambre, celle qui donne sur la cour.

Ensuite il y eut un grand bruit de meubles renversés, de jurons. Et, quand Ludo sortit précipitamment de la chambre avec les garçons, Yan et Cousteau avaient déjà les menottes. Gervais, malgré sa joie, aurait voulu que Ludo pût s'enfuir, mais celui-ci ne le tenta même pas.

— J'aime mieux ça ! dit-il avec un soupir.

177

∴

« Kziii ! » font les semelles de Gervais sur la pente de la rue Foyatier. Le père Chazel regarde la glissade et Gervais lui fait en passant un signe amical.

« Où diable ce gamin a-t-il appris à peindre au couteau ? se demande le bonhomme. Il va bientôt me faire de l'abstrait, je parie ! »

LAURENCE.

Le signe de l'ombre

— J'ai reçu votre télégramme, me dit, en entrant chez moi, un monsieur à moustaches grises, vêtu d'une redingote marron et coiffé d'un chapeau à larges bords. Et me voici. Qu'y a-t-il ?

Si je n'avais pas attendu Arsène Lupin, je ne l'aurais certes pas reconnu sous cet aspect de vieux militaire en retraite.

— Qu'y a-t-il ? répliquai-je. Oh ! pas grand-chose, une coïncidence assez bizarre. Et comme il vous plaît de démêler les affaires mystérieuses, au moins autant que de les combiner...

— Et alors ?

— Vous êtes bien pressé !

— Excessivement, si l'affaire en question ne vaut pas la peine que je me dérange. Par conséquent, droit au but.

— Droit au but, allons-y ! Et commencez, je vous prie, par jeter un coup d'œil sur ce petit tableau que j'ai découvert, l'autre semaine, dans un magasin poudreux de la rive gauche et que j'ai acheté pour son cadre Empire, à double palmette..., car la peinture est abominable.

— Abominable, en effet, dit Lupin au bout d'un instant, mais le sujet lui-même ne manque pas de saveur... Ce coin de vieille cour avec sa rotonde à colonne grecque, son cadran solaire et son bassin, avec son puits délabré au toit Renaissance, avec ses marches et son banc de pierre, tout cela est pittoresque.

— Et authentique, ajoutai-je. La toile, bonne ou mauvaise, n'a jamais été enlevée de son cadre Empire. D'ailleurs, la date est là... Tenez, dans le bas, à gauche, ces chiffres rouges, 15-4-2, signifient évidemment 15 avril 1802.

— En effet..., en effet... Mais vous parliez d'une coïncidence, et jusqu'ici je ne vois pas...

J'allai prendre dans un coin une longue-vue que j'établis sur son trépied et que je braquai vers la fenêtre ouverte d'une petite chambre située en face de mon appartement de l'autre côté de la rue. Et je priai Lupin de regarder.

Il se pencha. Le soleil, oblique à cette heure, éclairait la chambre où l'on apercevait des meubles d'acajou très simples, un grand lit d'enfant habillé de rideaux en cretonne.

— Ah ! dit Lupin tout à coup, le même tableau !

— Exactement le même ! affirmai-je. Et la date..., vous voyez la date en rouge ? 15-4-2.

— Oui, je vois... Et qui demeure dans cette chambre ?

— Une dame... ou plutôt une ouvrière, puisqu'elle est obligée de travailler pour vivre... Des travaux de couture qui la nourrissent à peine, elle et son enfant.

— Comment s'appelle-t-elle ?

— Louise d'Ernemont... D'après mes renseignements, elle est l'arrière-petite-fille d'un fermier général qui fut guillotiné sous la Terreur.

— Le même jour qu'André Chénier, acheva Lupin. Cet Ernemont, selon les mémoires du temps, passait pour très riche.

Il releva la tête et me demanda :

— L'histoire est intéressante... Pourquoi avez-vous attendu pour me la raconter ?

— Parce que c'est aujourd'hui le 15 avril.

— Eh bien ?

— Eh bien, depuis hier, je sais — un bavardage de concierge — que le 15 avril occupe une place importante dans la vie de Louise d'Ernemont.

— Pas possible !

— Contrairement à ses habitudes, elle qui travaille tous les jours, qui tient en ordre les deux pièces dont se compose son appartement, qui prépare le déjeuner que sa fille prendra au retour de l'école communale..., le 15 avril elle sort avec la petite vers dix heures et ne rentre qu'à la nuit tombante. Cela depuis des années, et quel que soit le temps. Avouez que c'est étrange, cette date que je trouve sur un vieux tableau analogue et qui règle la sortie annuelle de la descendante du fermier général d'Ernemont !

— Etrange..., vous avez raison, prononça Lupin d'une voix lente. Et l'on ne sait pas où elle va ?

— On l'ignore. Elle ne s'est confiée à personne. D'ailleurs, elle parle très peu.

— Vous êtes sûr de vos informations ?

— Tout à fait sûr. Et la preuve qu'elles sont exactes, tenez, la voici.

Une porte s'était ouverte en face, livrant passage à une petite fille de sept à huit ans, qui vint se mettre à la fenêtre. Une dame apparut derrière elle, assez grande, encore jolie, l'air doux et mélancolique. Toutes deux étaient prêtes, habillées de vêtements simples, mais qui dénotaient chez la mère un souci d'élégance.

— Vous voyez, murmurai-je, elles vont sortir.

De fait, après un moment, la mère prit l'enfant par la main et elles quittèrent la chambre.

Lupin saisit son chapeau.

— Venez-vous ?

Une curiosité trop vive me stimulait pour que je fisse la moindre objection. Je descendis avec Lupin.

En arrivant dans la rue, nous aperçûmes ma voisine qui entrait chez un boulanger. Elle acheta deux petits pains qu'elle plaça dans un menu panier que portait sa fille et qui semblait déjà contenir des provisions. Puis elles se dirigèrent du côté des boulevards extérieurs, qu'elles suivirent jusqu'à la place de l'Etoile. L'avenue Kléber les conduisit à l'entrée de Passy.

Lupin marchait silencieusement, avec une préoccupation visible que je me réjouissais d'avoir provoquée. De temps à autre, une phrase me montrait le fil de ses réflexions, et je pouvais constater que l'énigme demeurait entière pour lui comme pour moi.

Louise d'Ernemont cependant avait obliqué sur la gauche par la rue Raynouard, vieille rue paisible où Franklin et Balzac vécurent et qui, bordée d'anciennes maisons et de jardins discrets, vous donne une impression de province. Au pied du coteau qu'elle domine, la Seine coule, et des ruelles descendent vers le fleuve.

C'est l'une de ces ruelles, étroite, tortueuse, déserte, que prit ma voisine. Il y avait d'abord à droite une maison dont la façade donnait sur la rue Raynouard, puis un mur moisi, d'une hauteur peu commune, soutenu de contreforts, hérissé de tessons de bouteilles.

Vers le milieu, une porte basse en forme d'arcade le trouait, devant laquelle Louise d'Ernemont s'arrêta et qu'elle ouvrit à l'aide d'une clef qui nous parut énorme. La mère et la fille entrèrent.

— En tout cas, me dit Lupin, elle n'a rien à cacher, car elle ne s'est pas retournée une seule fois...

Il avait à peine achevé cette phrase qu'un bruit de pas retentit derrière nous. C'étaient deux vieux mendiants, un homme et une femme déguenillés, sales, crasseux, couverts de haillons. Ils passèrent sans prêter attention à notre présence. L'homme sortit de sa besace une clef semblable à celle de ma voisine et l'introduisit dans la serrure. La porte se referma sur eux.

Et tout de suite, au bout de la ruelle, un bruit d'automobile qui s'arrête. Lupin m'entraîna cinquante mètres plus bas, dans un renfoncement qui suffisait à nous dissimuler. Et nous vîmes descendre, un petit chien sous le bras, une jeune femme très élégante, parée de bijoux, les yeux trop noirs, les lèvres trop rouges et les cheveux trop blonds. Devant la porte, même manœuvre, même clef... La demoiselle au petit chien disparut.

— Ça commence à devenir amusant, ricana Lupin. Quel rapport ces gens-là peuvent-ils avoir les uns avec les autres ?

Successivement débouchèrent deux dames âgées, maigres, assez misérables d'aspect et qui se ressemblaient comme deux sœurs ; puis un valet de chambre ; puis un caporal d'infanterie ; puis un gros monsieur vêtu d'une jaquette malpropre et rapiécée ; puis une famille d'ouvriers, tous les six pâles, maladifs, l'air de gens qui ne mangent pas à leur faim. Et chacun des nouveaux venus arrivait avec un panier ou un filet rempli de provisions.

— C'est un pique-nique, m'écriai-je.

— De plus en plus étonnant, articula Lupin, et je ne serai tranquille que quand je saurai ce qui se passe derrière ce mur.

L'escalader, c'était impossible. En outre, nous vîmes qu'il aboutissait, au bas de la ruelle comme en haut, à deux maisons dont aucune fenêtre ne donnait sur l'enclos.

Nous cherchions vainement un stratagème quand, tout à coup, la petite porte se rouvrit et livra passage à l'un des enfants de l'ouvrier.

Le gamin monta en courant jusqu'à la rue Raynouard. Quelques minutes après, il rapportait deux bouteilles d'eau, qu'il déposa pour sortir de sa poche la grosse clef.

A ce moment, Lupin m'avait déjà quitté et longeait le mur d'un pas lent comme un promeneur qui flâne. Lorsque l'enfant, après avoir pénétré dans l'enclos, repoussa la porte, il fit un bond et planta la pointe de son couteau dans la gâche de la serrure. Le pêne n'étant pas engagé, un effort suffit pour que le battant s'entrebâillât.

— Nous y sommes, dit Lupin.

Il passa la tête avec précaution, puis, à ma grande surprise, entra franchement. Mais, ayant suivi son exemple, je pus constater qu'à dix mètres en arrière du mur un massif de lauriers élevait comme un rideau qui nous permettait d'avancer sans être vus.

Lupin se posta au milieu du massif. Je m'approchai et, ainsi que lui, j'écartai les branches d'un arbuste. Le spectacle qui s'offrit alors à mes yeux était si imprévu que je ne pus retenir une exclamation, tandis que, de son côté, Lupin jurait entre ses dents :

— Crebleu ! celle-là est drôle !

Nous avions devant nous, dans l'espace restreint

qui s'étendait entre les deux maisons sans fenêtres, le même décor que représentait le vieux tableau acheté par moi chez un brocanteur !

Le même décor ! Au fond, contre un second mur, la même rotonde grecque offrait sa colonnade légère. Au centre, les mêmes bancs de pierre dominaient un cercle de quatre marches qui descendaient vers un bassin aux dalles moisies. Sur la gauche, le même puits dressait son toit de fer ouvragé, et, tout près, le même cadran solaire montrait la flèche de son style et sa table de marbre.

Le même décor ! Et, ce qui ajoutait à l'étrangeté du spectacle, c'était le souvenir, obsédant pour Lupin et pour moi, de cette date du 15 avril et que seize à dix-huit personnes, si différentes d'âge, de condition et de manières, avaient choisi le 15 avril pour se rassembler en ce coin perdu de Paris.

Toutes, à la minute où nous les vîmes, assises par groupes isolés sur les bancs et les marches, elles mangeaient. Non loin de ma voisine et de sa fille, la famille d'ouvriers et le couple de mendiants fusionnaient, tandis que le valet de chambre, le monsieur à la jaquette malpropre, le caporal d'infanterie et les deux sœurs maigres réunissaient leurs tranches de jambon, leurs boîtes de sardines et leur fromage de Gruyère.

Il était alors une heure et demie. Le mendiant sortit sa pipe ainsi que le gros monsieur. Les hommes se mirent à fumer près de la rotonde et les femmes les rejoignirent. D'ailleurs, tous ces gens avaient l'air de se connaître.

Ils se trouvaient assez loin de nous, de sorte que nous n'entendions pas leurs paroles. Cependant nous vîmes que la conversation devenait animée. La demoiselle au petit chien, surtout, très entourée maintenant, pérorait et faisait de grands gestes qui incitaient le petit chien à des aboiements furieux.

Mais soudain il y eut une exclamation et, aussitôt, des cris de colère, et tous, hommes et femmes, ils s'élancèrent en désordre vers le puits.

Un des gamins de l'ouvrier en surgissait à ce moment, attaché par la ceinture au crochet de fer qui termine la corde, et les trois autres gamins le remontaient en tournant la manivelle.

Plus agile, le caporal se jeta sur lui, et tout de suite le valet de chambre et le gros monsieur l'agrippèrent, tandis que les mendiants et les sœurs maigres se battaient avec le ménage ouvrier.

En quelques secondes, il ne restait plus à l'enfant que sa chemise. Maître des vêtements, le valet de chambre se sauva, poursuivi par le caporal qui lui arracha la culotte, laquelle fut reprise au caporal par une des sœurs maigres.

— Ils sont fous ! murmurai-je, absolument ahuri.

— Mais non, mais non, dit Lupin.

— Comment ! vous y comprenez donc quelque chose ?

A la fin, Louise d'Ernemont, qui après le débat s'était posée en conciliatrice, réussit à apaiser le tumulte. On s'assit de nouveau, mais il y eut une réaction chez tous ces gens exaspérés et ils demeurèrent immobiles et taciturnes, comme harassés de fatigue.

Et du temps s'écoula. Impatienté et commençant à souffrir de la faim, j'allai chercher jusqu'à la rue Raynouard quelques provisions, que nous partageâmes tout en surveillant les acteurs de la comédie incompréhensible qui se jouait sous nos yeux. Chaque minute semblait les accabler d'une tristesse croissante, et ils prenaient des attitudes découragées, courbaient le dos de plus en plus et s'absorbaient dans leurs méditations.

— Vont-ils coucher là ? prononçai-je avec ennui.

Mais, vers cinq heures, le gros monsieur à la jaquette malpropre tira sa montre. On l'imita, et tous, leur montre à la main, ils parurent attendre avec anxiété un événement qui devait avoir pour eux une importance considérable. L'événement ne se produisit pas, car, au bout de quinze à vingt minutes, le gros monsieur eut un geste de désespoir, se leva et mit son chapeau.

Alors des lamentations retentirent. Les deux sœurs maigres et la femme de l'ouvrier se jetèrent à genoux et firent le signe de la croix. La demoiselle au petit chien et la mendiante s'embrassèrent en sanglotant, et nous surprîmes Louise d'Ernemont qui serrait sa fille contre elle, d'un mouvement triste.

— Allons-nous-en, dit Lupin.

— Vous croyez que la séance est finie ?

— Oui, et nous n'avons que le temps de filer.

Nous partîmes sans encombre. Au haut de la rue Raynouard, Lupin tourna sur sa gauche et, me laissant dehors, entra dans la première maison, celle qui dominait l'enclos.

Après avoir conversé quelques instants avec le concierge, il me rejoignit et nous arrêtâmes une automobile.

— Rue de Turin, 34, dit-il au chauffeur.

Au 34 de cette rue, le rez-de-chaussée était occupé par une étude de notaire et, presque aussitôt, nous fûmes introduits dans le cabinet de

M⁰ Valandier, homme d'un certain âge, affable et souriant.

Lupin se présenta sous le nom du capitaine en retraite Janniot. Il voulait faire bâtir une maison selon ses goûts et on lui avait parlé d'un terrain sis auprès de la rue Raynouard.

— Mais ce terrain n'est pas à vendre ! s'écria M⁰ Valandier.

— Ah ! on m'avait dit...

— Nullement... Nullement...

Le notaire se leva et prit dans une armoire un objet qu'il nous montra. Je fus confondu. C'était le même tableau que j'avais acheté, le même tableau qui se trouvait chez Louise d'Ernemont.

— Il s'agit du terrain que représente cette toile, le d'Ernemont, comme on l'appelle ?

» Eh bien, reprit le notaire, ce clos faisait partie d'un grand jardin que possédait le fermier général d'Ernemont, exécuté sous la Terreur. Tout ce qui pouvait être vendu, les héritiers le vendirent peu à peu. Mais ce dernier morceau est resté et restera dans l'indivision... à moins que...

Le notaire se mit à rire.

— A moins que ? interrogea Lupin.

— Oh ! c'est toute une histoire, assez curieuse, d'ailleurs, et dont je m'amuse quelquefois à parcourir le dossier volumineux.

— Est-il indiscret...?

— Pas du tout, déclara M⁰ Valandier qui semblait ravi, au contraire, de placer son récit.

Et, sans se faire prier, il commença :

— Dès le début de la Révolution, Louis-Agrippa d'Ernemont, sous prétexte de rejoindre sa femme qui vivait à Genève avec leur fille Pauline, ferma son hôtel du faubourg Saint-Germain, congédia ses domestiques et vint s'installer, ainsi que son fils Charles, dans sa petite maison de Passy où personne ne le connaissait, qu'une vieille servante dévouée. Il y resta caché durant trois ans, et il pouvait espérer que sa retraite ne serait pas découverte, lorsqu'un jour, après déjeuner, comme il faisait sa sieste, la vieille servante entra précipitamment dans sa chambre. Elle avait aperçu au bout de la rue une patrouille d'hommes armés qui semblait se diriger vers la maison. Louis d'Ernemont s'apprêta vivement et, à l'instant où les hommes frappaient, disparut par la porte qui donnait sur le jardin, en criant à son fils d'une voix effarée :

» — Retiens-les... cinq minutes seulement.

» Voulait-il s'enfuir ? Trouva-t-il gardées les issues du jardin ? Sept ou huit minutes plus tard, il revenait, répondait très calmement aux questions et ne faisait aucune difficulté pour suivre les hommes. Son fils Charles, bien qu'il n'eût que dix-huit ans, fut également emmené.

— Cela se passait...? demanda Lupin.

— Cela se passait le 26 germinal an II, c'est-à-dire le...

Mᵉ Valandier s'interrompit, les yeux tournés vers le calendrier qui pendait au mur, et il s'écria :

— Mais c'est justement aujourd'hui ! Nous sommes le 15 avril, jour anniversaire de l'arrestation du fermier général.

— Coïncidence bizarre, dit Lupin. Et cette arrestation eut sans doute, étant donné l'époque, des suites graves ?

— Oh ! fort graves, dit le notaire en riant. Trois mois après, au début de thermidor, le fermier général montait sur l'échafaud. On oublia son fils Charles en prison, et leurs biens furent confisqués.

— Des biens immenses, n'est-ce pas ? fit Lupin.

— Eh voilà ! voilà précisément où les choses se compliquent. Ces biens, qui en effet étaient immenses, demeurèrent introuvables. On constata que l'hôtel du faubourg Saint-Germain avait été, avant la Révolution, vendu à un Anglais, ainsi que tous les châteaux et terres de province, ainsi que tous les bijoux, valeurs et collections du fermier général. La Convention puis le Directoire ordonnèrent des enquêtes minutieuses. Elles n'aboutirent à aucun résultat.

— Il restait tout au moins, dit Lupin, la maison de Passy.

— La maison de Passy fut achetée à vil prix par le délégué même de la Commune qui avait arrêté d'Ernemont, le citoyen Broquet. Le citoyen Broquet s'y enferma, barricada les portes, fortifia les murs, et lorsque Charles d'Ernemont, enfin libéré, se présenta il le reçut à coups de fusil. Charles intenta des procès, les perdit, promit de grosses sommes. Le citoyen Broquet fut intraitable. Il avait acheté la maison, il la garda, et il l'eût gardée jusqu'à sa mort si Charles n'avait obtenu l'appui de Bonaparte. Le 12 février 1803, le citoyen Broquet vida les lieux, mais la joie de Charles fut si grande, et sans doute son cerveau avait été bouleversé si violemment par toutes ces épreuves, qu'en arrivant au seuil de la maison enfin reconquise, avant même d'ouvrir la porte, il se mit à danser et à chanter. Il était fou !

— Bigre ! murmura Lupin. Et que devint-il ?

— Sa mère et sa sœur Pauline, laquelle avait fini par se marier à Genève avec un de ses cousins, étant mortes toutes deux, la vieille servante prit

192

soin de lui, et ils vécurent ensemble dans la maison de Passy. Des années se passèrent sans événement notable, mais soudain, en 1812, un coup de théâtre. A son lit de mort, devant deux témoins qu'elle appela, la vieille servante fit d'étranges révélations. Elle déclara qu'au début de la Révolution le fermier général avait transporté dans sa maison de Passy des sacs remplis d'or et d'argent, et que ces sacs avaient disparu quelques jours avant l'arrestation. D'après des confidences antérieures de Charles d'Ernemont, qui les tenait de son père, les trésors se trouvaient cachés dans le jardin, entre la rotonde, le cadran solaire et le puits. Comme preuve, elle montra trois tableaux, ou plutôt, car ils n'étaient pas encadrés, trois toiles que le fermier général avait peintes durant sa captivité et qu'il avait réussi à lui faire passer avec l'ordre de les remettre à sa femme, à son fils et à sa fille. Tentés par l'appât des richesses, Charles et la vieille bonne avaient gardé le silence. Puis étaient venus le procès, la conquête de la maison, la folie de Charles, les recherches personnelles et inutiles de la servante, et les trésors étaient toujours là.

— Et ils y sont encore, ricana Lupin.

— Et ils y sont toujours, s'écria M⁰ Valandier... ; à moins..., à moins que le citoyen Broquet, qui sans doute avait flairé quelque chose, ne les ait dénichés. Hypothèse peu probable, car le citoyen Broquet mourut dans la misère.

— Alors ?

— Alors on chercha. Les enfants de Pauline, la sœur, accoururent de Genève. On découvrit que Charles s'était marié clandestinement et qu'il avait des fils. Tous ces héritiers se mirent à la besogne.

— Mais Charles ?

— Charles vivait dans la retraite la plus absolue. Il ne quittait pas sa chambre.

— Jamais ?

— Si, et c'est là vraiment ce qu'il y a d'extraordinaire, de prodigieux dans l'aventure. Une fois l'an, Charles d'Ernemont, mû par une sorte de volonté inconsciente, descendait, suivait exactement le chemin que son père avait suivi, traversait le jardin et s'asseyait tantôt sur les marches de la rotonde, dont vous voyez ici le dessin, tantôt sur la margelle de ce puits. A cinq heures vingt-sept minutes, il se levait et rentrait, et jusqu'à sa mort, survenue en 1820, il ne manqua pas une seule fois cet incompréhensible pèlerinage. Or ce jour-là c'était le 15 avril, jour de l'anniversaire de l'arrestation.

M° Valandier ne souriait plus, troublé lui-même par la déconcertante histoire qu'il nous racontait.

Après un instant de réflexion, Lupin demanda :

— Et depuis la mort de Charles ?

— Depuis cette époque, reprit le notaire avec une certaine solennité, depuis bientôt cent ans, les héritiers de Charles et de Pauline d'Ernemont continuent le pèlerinage du 15 avril. Les premières années, des fouilles minutieuses furent pratiquées. Pas un pouce du jardin que l'on ne scrutât, pas une motte de terre que l'on ne retournât. Maintenant c'est fini. A peine si l'on cherche. A peine si, de temps à autre, sans motif, on soulève une pierre ou l'on explore le puits. Non, ils s'assoient sur les marches de la rotonde comme le pauvre fou, et comme lui attendent. Et, voyez-vous, c'est la tristesse de leur destinée. Depuis cent ans, tous ceux qui se sont succédé, les fils après les pères, tous, ils ont perdu, comment dirai-je ?... le ressort de la vie, ils n'ont plus de

194

courage, plus d'initiative. Ils attendent, ils attendent le 15 avril, et, lorsque le 15 avril est arrivé, ils attendent qu'un miracle se produise. Tous, la misère a fini par les vaincre. Mes prédécesseurs et moi, peu à peu, nous avons vendu, d'abord la maison pour en construire une autre de rapport plus fructueux, ensuite des parcelles du jardin, et d'autres parcelles. Mais, ce coin-là, ils aimeraient mieux mourir que de l'aliéner. Là-dessus tout le monde est d'accord, aussi bien Louise d'Ernemont, l'héritière directe de Pauline, que les mendiants, les ouvriers, le valet de chambre, la danseuse de cirque, etc., qui représentent ce malheureux Charles.

Un nouveau silence, et Lupin reprit :

— Votre opinion, maître Valandier ?

— Mon opinion est qu'il n'y a rien. Quel crédit accorder aux dires d'une vieille bonne, affaiblie par l'âge ? Quelle importance attacher aux lubies d'un fou ? En outre, si le fermier général avait réalisé sa fortune, ne croyez-vous point que cette fortune se serait trouvée ? Dans un espace restreint comme celui-là, on cache un papier, un joyau, non pas des trésors.

— Cependant, les tableaux ?

— Oui, évidemment. Mais, tout de même, est-ce une preuve suffisante ?

Lupin se pencha sur celui que le notaire avait tiré de l'armoire et, après l'avoir examiné longuement :

— Vous avez parlé de trois tableaux ?

— Oui ; l'un, que voici, fut remis à mon prédécesseur par les héritiers de Charles. Louise d'Ernemont en possède un autre. Quant au troisième, on ne sait ce qu'il est devenu.

Lupin me regarda et continua :

— Chacun d'eux portait la même date ?

— Oui, inscrite par Charles d'Ernemont lorsqu'il les fit encadrer peu de temps avant sa mort... La même date, 15-4-2, c'est-à-dire le 15 avril an II, selon le calendrier révolutionnaire, puisque l'arrestation eut lieu en avril 1794.

— Ah ! bien, parfait, dit Lupin... Le chiffre 2 signifie...

Il demeura pensif durant quelques instants et reprit :

— Encore une question, voulez-vous ? Personne ne s'est jamais offert pour résoudre ce problème ?

M° Valandier leva les bras.

— Que dites-vous là ! s'écria-t-il. Mais ce fut la plaie de l'étude. De 1820 à 1843, un de mes prédécesseurs, M° Turbon, a été convoqué dix-huit fois à Passy par le groupe des héritiers auxquels des imposteurs, des tireurs de cartes, des illuminés avaient promis de découvrir les trésors du fermier général. A la fin, une règle fut établie : toute personne étrangère qui voulait opérer des recherches devait au préalable déposer une certaine somme.

— Quelle somme ?

— Cinq mille francs. En cas de réussite, le tiers des trésors revient à l'individu. En cas d'insuccès, le dépôt reste acquis aux héritiers. Comme ça, je suis tranquille.

— Voici les cinq mille francs.

Le notaire sursauta :

— Hein ! que dites-vous ?

— Je dis, répéta Lupin en sortant cinq billets de sa poche et en les étalant sur la table avec le plus grand calme, je dis que voici le dépôt de cinq mille francs. Veuillez m'en donner reçu et convoquer tous les héritiers d'Ernemont pour le 15 avril de l'année prochaine, à Passy.

Le notaire n'en revenait pas. Moi-même, quoique Lupin m'eût habitué à ces coups de théâtre, j'étais fort surpris.

— C'est sérieux ? articula M⁰ Valandier.

— Absolument sérieux.

Le notaire le regarda comme on regarde un monsieur dont la raison n'est pas très saine. Puis, se décidant, il prit la plume et libella, sur papier timbré, un contrat qui mentionnait le dépôt du capitaine en retraite Janniot et lui garantissait un tiers des sommes par lui découvertes.

— Si vous changez d'avis, ajouta-t-il, je vous prie de m'en avertir huit jours d'avance. Je ne préviendrai la famille d'Ernemont qu'au dernier moment, afin de ne pas donner à ces pauvres gens un espoir trop long.

— Vous pouvez les prévenir dès aujourd'hui, maître Valandier. Ils passeront, de la sorte, une année meilleure.

On se quitta. Aussitôt dans la rue, je m'écriai :

— Vous savez donc quelque chose ?

— Moi ? répondit Lupin, rien du tout. Et c'est là précisément ce qui m'amuse.

— Mais il y a cent ans que l'on cherche !

— Il s'agit moins de chercher que de réfléchir. Or j'ai trois cent soixante-cinq jours pour réfléchir. C'est trop, et je risque d'oublier cette affaire, si intéressante qu'elle soit. Cher ami, vous aurez l'obligeance de me la rappeler, n'est-ce pas ?

... Le matin du 15 avril arriva, et j'avais fini de déjeuner que Lupin n'était pas encore là. A midi et quart, je m'en allai et me fis conduire à Passy.

Tout de suite, dans la ruelle, j'avisai les quatre gamins de l'ouvrier qui stationnaient devant la porte. Averti par eux, M° Valandier accourut à ma rencontre.

— Eh bien, le capitaine Janniot ? s'écria-t-il.

— Il n'est pas ici ?

— Non, et je vous prie de croire qu'on l'attend avec impatience.

Les groupes, en effet, se pressaient autour du notaire, et tous ces visages, que je reconnus, n'avaient plus leur expression morne et découragée de l'année précédente.

— Ils espèrent, me dit M° Valandier, et c'est ma faute. Que voulez-vous ! Votre ami m'a laissé un tel souvenir que j'ai parlé à ces braves gens avec une confiance... que je n'éprouve pas. Mais, tout de même, c'est un drôle de type que ce capitaine Janniot...

Il m'interrogea, et je lui donnai, sur le capitaine, des indications quelque peu fantaisistes que les héritiers écoutaient en hochant la tête.

Louise d'Ernemont murmura :

— Et s'il ne vient pas ?

— Nous aurons toujours les cinq mille francs à nous partager, dit le mendiant.

N'importe ! la parole de Louise d'Ernemont avait jeté un froid. Les visages se renfrognèrent et je sentis comme une atmosphère d'angoisse qui pesait sur nous.

A une heure et demie, les deux sœurs maigres s'assirent, prises de défaillance. Puis le gros monsieur à la jaquette malpropre eut une révolte subite contre le notaire :

— Parfaitement, maître Valandier, vous êtes responsable... Vous auriez dû amener le capitaine de gré ou de force... Un farceur, évidemment.

Il me regarda d'un œil mauvais et le valet de

198

chambre, de son côté, maugréa des injures à mon adresse.

Mais l'aîné des gamins surgit à la porte en criant :

— Voilà quelqu'un !... Une motocyclette !...

Le bruit d'un moteur grondait par-delà le mur. Au risque de se rompre les os, un homme à moto-cyclette dégringolait la ruelle. Brusquement, devant la porte, il bloqua ses freins et sauta de machine.

Sous la couche de poussière qui le recouvrait comme d'une enveloppe, on pouvait voir que ses vêtements gros bleu, que son pantalon au pli bien formé n'étaient point ceux d'un touriste, pas plus que son chapeau de feutre noir ni que ses bottines vernies.

— Mais ce n'est pas le capitaine Janniot, clama le notaire qui hésitait à le reconnaître.

— Si, affirma Lupin en nous tendant la main, c'est le capitaine Janniot, seulement j'ai fait cou-per sa moustache... Maître Valandier, voici le reçu que vous avez signé.

Il saisit un des gamins par le bras et lui dit :

— Cours à la station des voitures et ramène une automobile jusqu'à la rue Raynouard. Galope, j'ai un rendez-vous urgent à deux heures et quart.

Il y eut des gestes de protestation. Le capitaine Janniot tira sa montre.

— Eh quoi ! il n'est que deux heures moins douze. J'ai quinze bonnes minutes. Mais, pour Dieu, que je suis fatigué ! et surtout comme j'ai faim !

En hâte le caporal lui tendit son pain de muni-tion, qu'il mordit à pleines dents, et, s'étant assis, il prononça :

— Vous m'excuserez. Le rapide de Marseille a

déraillé entre Dijon et Laroche. Il y a une quinzaine de morts, et des blessés que j'ai dû secourir. Alors, dans le fourgon des bagages, j'ai trouvé cette motocyclette... Maître Valandier, vous aurez l'obligeance de la faire remettre à qui de droit. L'étiquette est encore attachée au guidon. Ah ! te voici de retour, gamin. L'auto est là ? Au coin de la rue Raynouard ? A merveille.

Il consulta sa montre.

— Eh ! eh ! pas de temps à perdre.

Je le regardais avec une curiosité ardente. Mais quelle devait être l'émotion des héritiers d'Ernemont ! Certes ils n'avaient pas dans le capitaine Janniot la foi que j'avais en Lupin. Cependant leurs figures étaient blêmes et crispées.

Lentement le capitaine Janniot se dirigea vers la gauche et s'approcha du cadran solaire. Le piédestal en était formé par un homme au torse puissant, qui portait, sur les épaules, une table de marbre dont le temps avait tellement usé la surface qu'on distinguait à peine les lignes des heures gravées. Au-dessus, un Amour, aux ailes déployées, tenait une longue flèche qui servait d'aiguille.

Le capitaine resta penché environ une minute, les yeux attentifs. Puis il demanda :

— Un couteau, s'il vous plaît ?

Deux heures sonnèrent quelque part. A cet instant précis, sur le cadran illuminé de soleil, l'ombre de la flèche se profilait suivant une cassure du marbre qui coupait le disque à peu près par le milieu.

Le capitaine saisit le couteau qu'on lui tendait. Il l'ouvrit. Et à l'aide de la pointe, très doucement, il commença à gratter le mélange de terre, de mousse et de lichen qui remplissait l'étroite cassure.

Tout de suite, à dix centimètres du bord, il s'arrêta, comme si son couteau eût rencontré un obstacle, enfonça l'index et le pouce, et retira un menu objet qu'il frotta entre les paumes de ses mains et offrit ensuite au notaire.

— Tenez, maître Valandier, voici toujours quelque chose.

C'était un diamant énorme, de la grosseur d'une noisette et taillé de façon admirable.

Le capitaine se remit à la besogne. Presque aussitôt, nouvelle halte. Un second diamant, superbe et limpide comme le premier, apparut.

Et puis il en vint un troisième, et un quatrième.

Une minute après, tout en suivant d'un bord à l'autre la fissure, et sans creuser certes à plus d'un centimètre et demi de profondeur, le capitaine avait retiré dix-huit diamants de la même grosseur.

Durant cette minute il n'y eut pas, autour du cadran solaire, un seul cri, pas un seul geste. Une sorte de stupeur anéantissait les héritiers. Puis le gros monsieur murmura :

— Crénom de crénom !...

Et le caporal gémit :

— Ah ! mon capitaine... Mon capitaine...

Les deux sœurs tombèrent évanouies. La demoiselle au petit chien se mit à genoux et pria, tandis que le domestique titubant, l'air d'un homme ivre, se tenait la tête à deux mains et que Louise d'Ernemont pleurait.

Lorsque le calme fut rétabli et qu'on voulut remercier le capitaine Janniot, on s'aperçut qu'il était parti.

Ce n'est qu'au bout de plusieurs années que

l'occasion se présenta, pour moi, d'interroger Lupin au sujet de cette affaire. En veine de confidences, il me répondit :

— L'affaire des dix-huit diamants ? Mon Dieu, quand je songe que trois ou quatre générations de mes semblables en ont cherché la solution ! Et les dix-huit diamants étaient là, sous un peu de poussière !

— Mais comment avez-vous deviné?...

— Je n'ai pas deviné. J'ai réfléchi. Ai-je eu même besoin de réfléchir ? Dès le début, je fus frappé par ce fait que toute l'aventure était dominée par une question primordiale : la question de temps. Lorsqu'il avait encore sa raison, Charles d'Ernemont inscrivait une date sur les trois tableaux. Plus tard, dans les ténèbres où il se débattait, une petite lueur d'intelligence le conduisait chaque année au centre du vieux jardin, et la même lueur l'en éloignait chaque année, au même instant, c'est-à-dire à cinq heures vingt-sept minutes. Qu'est-ce qui réglait de la sorte le mécanisme déréglé de ce cerveau ? Quelle force supérieure mettait en mouvement le pauvre fou ? Sans aucun doute, la notion instinctive du Temps que représentait, sur les tableaux du fermier général, le cadran solaire. C'était la révolution annuelle de la terre autour du soleil qui ramenait à date fixe Charles d'Ernemont dans le jardin de Passy. Et c'était la révolution diurne qui l'en chassait à heure fixe, c'est-à-dire à l'heure, probablement, où le soleil, caché par des obstacles différents de ceux d'aujourd'hui, n'éclairait plus le jardin de Passy. Or, tout cela, le cadran solaire en était le symbole même. Et c'est pourquoi, tout de suite, je sus où il fallait chercher.

— Mais l'heure de la recherche, comment l'avez-vous établie ?

— Tout simplement d'après les tableaux. Un homme vivant à cette époque, comme Charles d'Ernemont, eût inscrit germinal an II ou bien 15 avril 1794, mais non 15 avril an II. Je suis stupéfait que personne n'y ait songé.

— Le chiffre 2 signifiait donc deux heures ?

— Evidemment. Et voici ce qui dut se passer. Le fermier général commença par convertir sa fortune en bonnes espèces d'or et d'argent. Puis, par surcroît de précaution, avec cet or et cet argent, il acheta dix-huit diamants merveilleux. Surpris par l'arrivée de la patrouille, il s'enfuit dans le jardin. Où cacher les diamants ? Le hasard fit que ses yeux tombèrent sur le cadran. Il était deux heures. L'ombre de la flèche suivait alors la cassure du marbre. Il obéit à ce signe de l'ombre, enfonça dans la poussière les dix-huit diamants et revint très calmement se livrer aux soldats.

— Mais l'ombre de la flèche se rencontre tous les jours à deux heures avec la cassure du marbre, et non pas seulement le 15 avril.

— Vous oubliez, mon cher ami, qu'il s'agit d'un fou et que lui n'a retenu que cette date, le 15 avril.

— Soit, mais vous, du moment que vous aviez déchiffré l'énigme, il vous était facile, depuis un an, de vous introduire dans l'enclos et de dérober les diamants.

— Très facile, et je n'eusse certes pas hésité si j'avais eu affaire à d'autres gens. Mais vrai, ces malheureux m'ont fait pitié. Et puis vous connaissez cet idiot de Lupin : l'idée d'apparaître tout d'un coup en génie bienfaisant et d'épater son semblable lui ferait commettre toutes les bêtises.

— Bah ! m'écriai-je, la bêtise n'est pas si grande. Six beaux diamants ! Voilà un contrat que les héritiers d'Ernemont ont dû remplir avec joie !

Lupin me regarda, et soudain, éclatant de rire :

— Vous ne savez donc pas ? Ah ! celle-là est bien bonne... La joie des héritiers d'Ernemont !... Mais, mon cher ami, le lendemain, le brave capitaine Janniot avait autant d'ennemis mortels ! Le lendemain les deux sœurs maigres et le gros monsieur organisaient la résistance. Le contrat ? Aucune valeur puisque, et c'était facile à le prouver, il n'y avait point de capitaine Janniot. « Le capitaine Janniot !... D'où sort cet aventurier ? Qu'il nous attaque et l'on verra ! »

— Louise d'Ernemont elle-même ?...

— Non, Louise d'Ernemont protesta contre cette infamie. Mais que pouvait-elle? D'ailleurs, devenue riche, elle retrouva son fiancé. Je n'entendis plus parler d'elle.

— Et alors ?

— Et alors, mon cher ami, pris au piège, légalement impuissant, j'ai dû transiger et accepter pour ma part un modeste diamant, le plus petit et le moins beau. Allez donc vous mettre en quatre pour rendre service à votre prochain !

Et Lupin bougonna entre ses dents :

— Ah ! la reconnaissance, quelle fumisterie ! Heureusement que les honnêtes gens ont pour eux leur conscience et la satisfaction du devoir accompli !

Maurice LEBLANC.
(*Les Confidences d'Arsène Lupin.*)

Le nez de Cléopâtre

Il est dix-sept heures quarante minutes. Une pluie fine, tenace, tombe sur Paris et favorise les embouteillages. Claude, dont la R 5 se faufile par la rue Saint-Honoré, donne un brusque coup de frein : quelle aubaine, une place libre !

Le temps d'une adroite marche arrière et Claude Prigeon, représentant des produits de beauté Cléopâtre, empoigne sa serviette et pénètre dans une luxueuse parfumerie. Il se dirige vers le comptoir où Mme Suzanne, la première vendeuse, pourra annoncer son arrivée par le téléphone intérieur.

— J'ai rendez-vous avec Mme Ziguilski, annonce Claude, je viens lui présenter notre dernière merveille, *Prestige.*

— Vous pouvez monter, monsieur Prigeon. Et n'oubliez pas le feu vert !

La réglementation des entrées et sorties par des feux lumineux était la dernière trouvaille de la grande Zizi, comme on l'appelait dans la profession. Rouge signifiait : « Je suis occupée. » Vert : « Donnez-vous la peine d'entrer. » En arrivant devant le bureau directorial, Claude aperçoit la petite lampe rouge qui brille. Il s'assied sagement, pose à ses pieds sa serviette d'où dépasse le bouchon d'un flacon du nouveau parfum.

S'il réussit cette affaire, il passera en tête des

vendeurs de la maison. Une fois de plus, il rêve au premier prix du concours organisé entre tous les représentants de la société : un voyage en Egypte, et médite le noble discours tenu par M. Giboulet, le directeur commercial : « Celui qui gagnera aura su faire passer ses qualités personnelles dans l'exercice de sa profession. »

Claude est le plus jeune des représentants de Cléopâtre. Sa jeunesse le sert auprès des employés, qui lui sourient avec sympathie, mais le dessert auprès des acheteurs. Mme Ziguilski le considère comme un gamin, ce qui le vexe. Ah ! s'il pouvait la convaincre ! Ce parfum *Prestige* est réellement supérieur à tout ce que la concurrence peut offrir ; c'est un subtil et audacieux mélange : citronnelle de Java, patchouli, écorce de grenadier...

Le feu est toujours rouge. Et Claude songe qu'il a laissé sa voiture sans disque de stationnement, en zone bleue. C'est l'affaire d'une minute : il descend par l'escalier de l'immeuble sans retraverser le magasin, met son disque et remonte par le même chemin. La petite lampe rouge est toujours allumée. Il tend l'oreille vers le bureau directorial : rien, aucun bruit. Il frappe discrètement à la porte : pas de réponse. Bizarre ! Tout à coup Claude s'avise que le bouchon ne dépasse plus de la serviette qu'il avait laissée près du fauteuil. Quelqu'un lui a dérobé *Prestige !*

Cette fois, il frappe plus fort et, furieux, pousse la porte. La première chose qu'il remarque est le téléphone décroché au bout de son fil. Puis, derrière la table, il découvre avec stupéfaction la grande Zizi étendue sur la moquette, au milieu de papiers épars qu'elle a dû répandre dans sa chute. Une forte odeur frappe les narines de Claude. Son flacon ! brisé, les éclats dispersés autour du corps de la directrice.

Respire-t-elle encore ? Il se penche :

— Madame Ziguilski ! Vous m'entendez?

Elle est inondée de parfum. Il tente de la redresser, la prend dans ses bras. C'est dans cette attitude qu'il est surpris par Mme Suzanne, que suit Josette, la secrétaire. Elles le fixent avec tant d'inquiétude qu'il bredouille :

— Ce n'est pas moi, non... Je l'ai trouvée ainsi.

Josette prend peur, pousse un cri aigu. A cet instant précis, la victime ouvre les yeux, promène un regard flou sur l'assistance, puis, fixant celui qui la soutient, elle prononce lentement mais distinctement, avec un fort accent polonais :

— C'est lui, c'est lui qui m'a tuée !

Derechef elle s'évanouit. Ahuri, Claude l'examine, lui tâte doucement la tête et découvre au sommet du crâne, sous les cheveux, une grosse bosse. En relevant les yeux, il voit les visages effarés du personnel du magasin. Mme Suzanne prend la direction des opérations :

— Faites venir un médecin.

Puis, lançant à Claude un regard insistant :

— Et prévenez la police...

Claude a le sentiment de recevoir, lui aussi, un grand coup sur la tête.

*
* *

M. Giboulet a son ton sec et cassant des mauvais jours :

— Monsieur Prigeon, je fondais sur vous de sérieux espoirs. J'espère qu'ils ne seront pas déçus... Taisez-vous, laissez-moi parler. Je n'affirme pas que vous soyez l'auteur de cet attentat ridicule. Ridicule, mais criminel. Je dis simplement, et cela vous ne le nierez pas, que la police vous considère comme le suspect n° 1... Laissez-moi parler, vous dis-je. Notre cliente vous a bel et bien désigné comme le coupable. Elle n'a pu le prouver puisqu'elle a été attaquée par-derrière, mais ce manque de preuves ne vous lave pas de tout soupçon. C'est pourquoi je vous dis ceci : si vous voulez garder votre place parmi nous, prouvez que vous n'êtes pas coupable ; d'ici là, vous êtes considéré comme étant en congé illimité.

— Et si je ne trouve rien ?

— Je le regretterai pour vous... Bonsoir !

Claude comprend qu'il n'y a rien à répliquer. Il se lève et sort sans avoir le courage de regarder la secrétaire, craignant qu'elle ne lui refuse son habituel sourire.

Il faut qu'il remette de l'ordre dans ses idées.

Voyons, que s'est-il passé ? Quelqu'un a assommé sa cliente et s'est arrangé pour faire retomber les soupçons sur lui. La grande Zizi s'en est tirée avec une sérieuse bosse et, n'ayant pas vu son agresseur, elle a désigné Claude parce que cela lui paraissait une hypothèse plausible. Au commissariat, Claude a attendu longtemps avant d'être interrogé. Il est passé le dernier. L'inspecteur s'appelait Canart. Plutôt sympathique, entre deux âges, il avait tenté de découvrir des contradictions dans la déposition du jeune homme en lui faisant répéter plusieurs fois le récit de ses faits et gestes.

— Ça se tient, a-t-il conclu en soupirant. Tous les autres sont persuadés que c'est vous. Personne ne peut témoigner qu'il vous a vu descendre pour placer votre disque de stationnement.

— Vous ne me croyez pas ?

L'inspecteur s'est contenté d'admettre qu'il

n'avait ni preuve matérielle ni motif apparent. Claude a donc été relâché, mais prié de se tenir à la disposition de la police.

« Découvrir le coupable, monsieur Giboulet, c'est le rôle de la police ! »

A présent, Claude marche dans la rue, absorbé par ses réflexions. La vague impression qu'un détail important lui échappe se manifeste par intermittence. Déjà, la veille, lorsque l'inspecteur lui a demandé s'il n'avait rien à ajouter avant de signer sa déposition, Claude avait failli lui faire part de cette sensation fugitive.

— J'ai un avantage sur la police, moi : je sais que je suis innocent !

Claude a jeté machinalement cette phrase à un couple qui passait. L'homme et la femme le regardent, surpris... Revenu sur terre, le représentant des produits Cléopâtre décide de retourner au commissariat.

Canart l'accueille avec flegme :

— Non, votre démarche n'est pas insolite. Les suspects sont souvent désireux d'aider la police. C'est un élément en leur faveur, pas une preuve.

Cependant l'inspecteur accepte d'instruire Claude de l'état de l'enquête : excepté le personnel accédant normalement à son bureau par le magasin, Mme Ziguilski avait reçu trois personnes dans l'après-midi : une cliente qui se plaignait d'un rouge à lèvres trop gras, un représentant venu faire des offres de services, une vendeuse sur le point d'être congédiée. Chacun de ces visiteurs était sorti, en principe, par l'escalier de l'immeuble, mais l'un d'eux aurait pu se dissimuler à l'étage, dans la pièce aux archives.

— Aucun n'a d'alibi parfait ? interroge Claude.

— Non, aucun des trois.

— La vendeuse a été congédiée ?

— Exact.

— Alors, elle a peut-être voulu se venger.

— Peut-être... Mais elle clame son innocence aussi fort que vous. La cliente qui réclamait est une honorable commerçante. Quant au représentant...

— Comment s'appelle-t-il ?

— Verbeke.

Claude connaît bien Verbeke, un de ses concurrents directs. Il lui a soufflé une affaire en utilisant un procédé à peine correct. Verbeke a sur lui un avantage : il fournit régulièrement le magasin de la grande Zizi.

Lorsqu'il en a fini avec Verbeke, Claude demande à l'inspecteur :

— Vous avez pris mes empreintes, hier ?

— Oui, ainsi que celles des autres suspects. Ils ont tous protesté, d'ailleurs. J'attends le résultat du laboratoire. C'est un travail de routine, qui ne donnera aucun résultat positif : les morceaux du flacon examinés sont trop petits. J'ai surtout procédé à ce relevé pour noter les réactions des intéressés.

Claude a le sentiment que cet inspecteur Canart ne se préoccupe guère de son enquête. Une brusque bouffée de colère l'envahit :

— Vous vous en moquez, hein, de découvrir ou non le coupable ? Eh bien, pas moi. Ma place de représentant, j'y tiens, je ne veux pas la perdre. Donnez-moi les adresses de ces gens, la vendeuse, la commerçante, et aussi celle de Verbeke. Je veux tenter une expérience.

— Une expérience ?

— Oui, un truc que j'employais à l'école communale. Je ne vous en dirai pas plus. Pour que cela ait une chance de marcher, il faut agir seul.

Ils se mesurent un instant du regard, puis l'inspecteur reprend sa cigarette, en tire une longue bouffée :

— Je risque le coup, dit-il. Mais si vous me menez en bateau vous le regretterez. Voici les adresses...

.*.

Si vous n'avez rien à vous reprocher, inutile de venir demain à 15 heures au jardin du Luxembourg, devant le bassin.

Le Nez de Cléopâtre.

Claude est satisfait du pseudonyme qu'il a choisi. Un « nez », en parfumerie, c'est un expert, un spécialiste capable d'identifier, d'apprécier les arômes les plus subtils. Tel un sommelier qui goûte les vins, il décèle les nuances les plus délicates. Claude, à juste titre, est fier d'être considéré par M. Giboulet comme un bon nez.

Avait-il bien choisi en désignant le Luxembourg comme lieu de rendez-vous ? N'avait-il pas eu tort d'envoyer les trois lettres en même temps avec le même message ?... Non, s'il avait convoqué les suspects dans un café, à tour de rôle, les femmes ne seraient pas venues, c'eût été de leur part avouer implicitement qu'elles avaient, justement, quelque chose à se reprocher. Tandis que le jardin du Luxembourg est vaste, et l'on peut s'approcher discrètement du bassin... Et si Claude n'arrivait pas à distinguer parmi les promeneuses les deux seules qui l'intéressent ?...

Il est arrivé bien avant l'heure et ne cesse

d'arpenter nerveusement le tour du bassin. Le soleil est printanier, les robes sont claires, il y a beaucoup de voitures d'enfants et de groupes d'étudiants. Et là, à peu de distance du bassin, une jeune fille blonde qui le fixe, rougit, tente en vain de prendre un air dégagé.

Claude s'en approche :

— Vous avez reçu ma lettre, n'est-ce pas ?

Elle avale sa salive :

— Vous êtes...

— Le Nez de Cléopâtre, oui. C'est vous que Mme Ziguilski a renvoyée ?

— Oui... Non... C'est-à-dire, c'est Evelyne, ma camarade. Il faut que je vous explique...

— Expliquez.

— Vous êtes de la police ?

— Je suis chargé d'une enquête confidentielle.

— Ah !... Par qui ? la grande Zizi ? Je veux dire...

— Je ne puis révéler le nom de la personne qui m'emploie.

Elle est émue. Il la fait asseoir et la questionne. Elle s'appelle Clotilde Vigoureux ; elle se sent responsable du renvoi de son amie, car c'est elle qui a commis une négligence qu'Evelyne a prise à son compte. Ce matin, Evelyne lui a montré le message mystérieux, et Clotilde, courageusement, est venue avouer.

— J'arrangerai tout, promet Claude. Allons, mouchez-vous. Et maintenant répondez : c'est Evelyne qui a assommé la grande Zizi ?

— Oh ! non.

— Savez-vous qui c'est ?

— Oui.

Le cœur de Claude se met à battre plus fort :

— Qui ?

— Un représentant en parfums.

— Verbeke ?

— Je ne crois pas que ce soit ce nom-là. Ce n'est pas Verbeke, c'est un nom comme Piron... ou Pigeon...

Furieux, Claude lui tourne le dos. Une silhouette féminine, là-haut, sur le terre-plein, semble se dissimuler derrière un arbre. Il plante là Clotilde et se met à courir autour du bassin. Dans sa précipitation, il trébuche contre une chaise, mais débouche enfin sur les larges marches du terre-plein. Voyons, quel arbre était-ce ? Il ne sait plus, hésite. Trop tard, l'oiseau s'est envolé. Mais ce monsieur, là, qui lit son journal avec application ? Claude s'en approche avec précaution, car il a deviné son identité.

— Vous aimez ce jardin, inspecteur ?

— Beaucoup. Mais pourquoi diable courez-vous ainsi ? Votre petit truc n'a pas marché ?

— J'ai éliminé un suspect, c'est déjà quelque chose... Vous m'avez suivi ?

— Mon Dieu, oui, c'est le métier.

Tandis que Claude l'instruit du subterfuge qu'il a imaginé, Canart approuve de la tête :

— C'est en effet un résultat. Et pourquoi avoir quitté si vite la pauvre Clotilde ?

— J'ai cru voir une femme se dissimuler.

— Vraiment ? Comment était-elle ?

— Je ne saurais dire, mais c'était sûrement la cliente au rouge à lèvres.

— Non, celle-là, vous l'avez croisée trois fois sans le savoir. Elle était assise à trois pas de vous. Il y a une demi-heure qu'elle est partie.

— Mais c'est un indice ! Si elle est venue, c'est qu'elle n'avait pas la conscience tranquille...

— Cessez de dire des bêtises. Cette silhouette, comment était-elle ?

215

— Dans l'ombre, sous le feuillage, à contre-jour..., c'est difficile à dire.

— Bon, nous verrons cela plus tard. Je vous emmène.

— Inspecteur ?

— Oui ?

— Verbeke n'est pas venu.

Canart sourit :

— Sans doute n'a-t-il rien à se reprocher. Ou bien les hommes sont-ils moins curieux que les femmes...

*
**

L'inspecteur pénètre dans le bureau de Mme Ziguilski, poussant doucement Claude devant lui. Debout derrière son bureau, l'œil flamboyant, celle-ci les interpelle :

— Vous venez pour reconstitution du crime?

— Pour une petite reconstitution, oui, madame.

— Vous avez amené l'assassin sans menottes ?

Claude réagit, mais Canart l'apaise d'un geste.

— Dieu merci, il n'y a eu ni crime ni assassin. Quant à M. Prigeon, il n'est pour l'instant qu'un témoin et je vais seulement lui demander de répéter pour nous ses gestes de l'autre jour.

Claude montre l'endroit où il a posé sa serviette, s'assied, se relève.

— Maintenant, continue Canart, voulez-vous aller changer votre disque de stationnement ? Efforcez-vous de respecter le minutage de votre absence.

Claude s'éloigne, Canart surveille sa montre-bracelet.

— S'il n'est pas revenu dans trois minutes, c'est

que je me serai trompé, explique l'inspecteur à Mme Ziguilski.

Deux minutes vingt secondes plus tard, Claude est de retour. Essoufflé, il interroge :

— Qu'est-ce que vous concluez, inspecteur ?

— Je conclus qu'il est invraisemblable qu'un inconnu se soit introduit pendant un temps si bref dans le bureau de Mme Ziguilski, l'ait assommée et soit reparti sans être remarqué. Donc, c'est quelqu'un qui se trouvait déjà à l'étage. Il ne reste plus que la secrétaire...

— Elle était au magasin, coupe Mme Ziguilski.

— Bravo, une de moins. Mme Suzanne...

— Vous êtes fou !

— Reste M. Verbeke, enchaîne l'inspecteur.

— Ridicule ! On n'agresse pas quelqu'un qui vient d'acheter marchandise ; si je suis morte, je ne paie pas ! Conclusion, c'est M. Prigeon ; je n'ai rien acheté à lui.

— Ce n'est pas une raison suffisante, madame, dit Canart. Si M. Prigeon a menti, nous le saurons. Il me reste trois coupables possibles.

Claude songe avec satisfaction : « Et à moi, plus que deux. » Allons, encore un effort et il est sauvé. La silhouette entrevue au jardin peut-elle être celle de Mme Suzanne ? La taille, la corpulence... Oui, ce n'est pas impossible.

— Mme Suzanne n'est pas au magasin ? interroge Canart.

Fichtre ! l'inspecteur ne se laisse pas gagner de vitesse.

— Non, elle a dit qu'elle va en banlieue pour question comptabilité. Comptabilité, c'est elle qui s'occupe. Mais moi, je suis ici avec travail en retard !

Et la grande Zizi, d'un geste large, désigne une pile imposante de dossiers.

— Eh bien, nous allons vous laisser, madame Ziguilski, dit Canart. Un dernier détail : est-ce que quelque chose a disparu de cette pièce, dossiers, argent ?

— Ziguilski pas folle, inspecteur ! Jamais laisser argent traîner. Simplement flacon de M. Verbeke absent.

— Quel flacon ?

— M. Verbeke a apporté échantillon, et maintenant Suzanne l'a rangé ailleurs, je suppose.

Mme Ziguilski toise Claude en silence tandis qu'elle serre la main de l'inspecteur. « Elle me fera des excuses lorsque je serai réhabilité », pense le représentant en descendant l'escalier. Avant de quitter Claude, Canart lui demande s'il portait des gants lors de sa visite.

— Je n'en portais pas. Pourquoi ?

— Le laboratoire m'a rendu son rapport : aucune trace de doigts sur les débris du flacon.

— Qu'est-ce que cela prouve ?

— Rien. Ce qui me chagrine, dans cette affaire, c'est l'absence de motif. Pourquoi diable voulait-on du mal à cette brave dame ?

Claude réfléchit mieux en marchant. Voyons, si Mme Suzanne s'est rendue au Luxembourg, c'est qu'elle a lu un des trois messages. A quel titre? Verbeke, lui, n'est pas venu. C'est un concurrent peu loyal, mais, comme dit Canart, ce n'est pas un motif suffisant.

Il entre au commissariat où il a été convoqué « pour affaire vous concernant ». L'inspecteur va-t-il lui annoncer que le coupable est démasqué ? Peut-être... Il tend sa convocation à l'officier de police.

— Asseyez-vous, on va vous recevoir.

Deux bancs sont placés vis-à-vis. Sur l'un d'eux, côte à côte, M. Verbeke et Mme Suzanne le dévisagent. Claude salue brièvement et les observe à son tour. Mme Suzanne est sèche, anguleuse. Verbeke, lui, est petit, chafouin, son regard fuyant. Soudain l'inspecteur Canart paraît à la porte du fond :

— Monsieur et madame Verbeke, s'il vous plaît.

Le représentant se lève, Mme Suzanne le suit. Claude, ahuri, les regarde passer, tandis que le policier referme la porte sur le couple. Ainsi Mme Suzanne est la femme de son concurrent ! Et personne ne le lui a jamais dit... Claude veut bouger, respirer, il se dirige vers la sortie.

— Restez ici, lui dit l'agent.

A nouveau, Claude éprouve ce sentiment vague de détenir la clef du problème, sans arriver à se l'expliquer clairement. Il tombe alors dans une sorte de rêverie...

— Eh bien, vous êtes dans la lune ? Voilà trois. fois que je vous appelle, fait l'agent de service en le secouant.

Il s'ébroue. La perspective de la lutte le ragaillardit.

— Prenez place, dit Canart d'un ton neutre. Vous connaissez les personnes présentes.

— Je ne savais pas que Mme Suzanne...

— ...était Mme Verbeke ? En effet. Vous comprenez maintenant sa présence au jardin du Luxembourg. Cette silhouette qui se dissimulait... Eh oui, elle trouve une lettre dont les termes

219

l'inquiètent, elle préfère ne pas en parler à son mari... C'est bien cela, madame ?

Au ton engageant de l'inspecteur, Mme Verbeke répond par un hochement de tête satisfait. Canart se tourne vers Claude et prend un ton sévère pour l'interpeller :

— Prigeon, les plaisanteries les plus courtes sont les meilleures. Vous avez cherché à égarer mes soupçons, vous avez essayé d'accuser de très honorables personnes. Tout cela en vain. Il n'y a plus qu'un coupable possible : vous ! Ce soir, je rédige mon rapport. Dans votre intérêt, c'est le moment de me dire pourquoi vous avez frappé Mme Ziguilski.

— Mais ce n'est pas moi !

— C'est vous, j'en ai la preuve. Vous vous êtes trahi lorsque vous avez parlé des empreintes digitales.

— Il était normal que vous trouviez mes empreintes !

— Alors, si c'était normal, pourquoi n'y en avait-il pas ? Parce que vous les avez essuyées.

— Vous m'avez dit...

— Je ne suis pas obligé de vous faire part de mes déductions.

— Vous êtes sûr que quelqu'un a essuyé les empreintes ?

— Certain.

Le silence qui suit est impressionnant. Les Verbeke semblent penser : « Ah ! la jeunesse d'aujourd'hui ! » Canart garde les yeux fixés sur Claude. Celui-ci, la tête dans les mains, se concentre, cherche désespérément à comprendre. Une phrase lui traverse l'esprit : « Celui qui gagnera aura su faire passer ses qualités personnelles dans l'exercice de sa profession. » Lentement il relève la tête et dit d'une voix incertaine, d'un ton plus surpris que joyeux :

— J'ai trouvé.

Le changement d'atmosphère est sensible : gaieté dans les yeux de l'inspecteur, crispation chez les Verbeke.

— J'ai trouvé, répète Claude d'une voix plus ferme. Ce n'était pas *Prestige*, ce n'était pas le flacon de Cléopâtre, cela sentait la citronnelle et le patchouli, *mais pas l'écorce de grenadier !* A présent, j'en suis sûr. Sur le moment, j'étais affolé, je n'y ai pas pris garde. Vous comptiez là-dessus, hein, Verbeke ? Vous saviez par votre femme, à qui j'en avais parlé, que *Prestige* serait à base de citronnelle et de patchouli ; vous avez donc préparé un échantillon qui ressemblerait au mien, car vous vouliez voler notre parfum avant sa sortie sur le marché. Votre femme savait que j'allais venir, elle s'est arrangée pour vous cacher dans la pièce aux archives. En assommant Mme Ziguilski, vous lanciez tout le monde sur une fausse piste, et moi je devenais coupable d'un forfait imaginaire.

Les Verbeke commencent à montrer des signes d'inquiétude.

— Oh! je vois clair maintenant! reprend Claude. Vous ne saviez trop comment opérer la substitution des flacons. Lorsque je suis descendu placer mon disque de stationnement, vous avez sauté sur l'occasion : avec votre faux *Prestige*, vous avez attaqué Mme Ziguilski pendant qu'elle téléphonait et vous m'avez volé le mien. C'est cela le motif, le seul !

Les deux Verbeke sont aussi muets l'un que l'autre.

LE NEZ DE CLÉOPATRE

— Bravo, petit ! fait doucement Canart. **Il a fallu** te pousser à bout, mais tu as fini par trouver, bravo !

— Vous ne me soupçonniez pas ?

— Au début seulement.

— Quand m'avez-vous cru ?

— Quand tu m'as parlé de l'école communale. Dans mon métier aussi, il faut avoir du nez.

— Cette fois, Mme Ziguilski va m'acheter des quantités de *Prestige*, je tiens ma commande ! s'écria Claude. Et j'irai voir les pharaons !

— Les pharaons ?

— Oui, inspecteur, les pharaons, le Sphinx, le Nil... Je vais vous expliquer.

Serge PETROF.

Le détective a perdu
son parapluie

Vous connaissez Sherlock Holmes, Hercule Poirot et James Bond. Eh bien, sachez que ces messieurs ne sont, auprès de César Coupatout, que de timides apprentis. Certes, César Coupatout n'offre au premier abord rien de bien remarquable si ce n'est une propension un peu excessive à vous attraper par le bouton de votre veston et à le secouer jusqu'à ce qu'il lui reste dans la main, mais il a une méthode, *sa* méthode !

Il me l'exposa un jour que j'étais venu le relancer dans son home pour connaître la raison de ses nombreux succès.

— Vous pensez bien, me dit-il avec un petit rire, que je ne vais pas me traîner à quatre pattes comme ce brave Sherlock Holmes pour examiner à la loupe la couleur d'un brin de tabac, ni me livrer à des démonstrations de karaté comme James Bond, ni faire de la psychologie en chambre comme notre ami Hercule Poirot ! La psychologie est une science inexacte, le karaté est bon pour les esprits sans imagination et il y a bien longtemps que les brins de tabac ne signifient plus rien. Ma méthode à moi est mathématique : de la réflexion, de la logique, du calcul ! Pas besoin d'enquêtes compliquées ; un tableau noir et une table de logarithmes suffisent. Quand j'ai un problème à résoudre, je m'installe ici sans bouger. Quelques heures de réflexion et la solution, s'imposant à travers les calculs, surgit soudain. C'est infaillible !

Il rejeta négligemment le deuxième bouton de mon veston qu'il venait d'arracher et conclut :

— Ainsi j'ai été chargé de retrouver les bijoux de la comtesse de Vauricourt. Cette aimable dame tenait à une enquête sur les lieux. Je n'ai pas voulu la mécontenter, mais c'était une formalité parfaitement inutile. Je vais réfléchir et...

Il se tut soudain avec un coup d'œil inquiet à son porte-cannes.

— Saperlipopette ! fit-il, j'ai oublié mon parapluie.

C'était sa seconde particularité que de traîner avec lui, quel que fût le temps, un énorme parapluie noir.

— Vous le retrouverez aisément, dis-je en plaisantant. Un détective tel que vous...

— Certes, certes, fit-il avec un sourire indulgent. C'est un petit problème. Cependant...

Je vis que cet incident le contrariait et je pris congé en annonçant que je repasserais.

Lorsque je revins, trois heures plus tard, treize feuilles surchargées de ratures jonchaient le sol ; la célèbre courbe en cloche de Gauss s'étalait sur le tableau noir et un plan de Paris souligné de grands traits rouges était épinglé au mur.

— Vous tombez bien, me dit-il sans cesser de manipuler sa règle à calcul. Vous allez pouvoir juger *de visu* de ma méthode.

— Vous êtes sur la trace des bijoux de la comtesse ? demandai-je.

— Les bijoux ! Quels bijoux ? Non, je cherche mon parapluie.

Et, désignant le plan de Paris, il enchaîna :

— Voici très exactement le trajet que j'ai suivi aujourd'hui. J'ai quitté mon domicile à 9 h 36 avec mon parapluie et j'y suis revenu à 11 h 43 sans mon parapluie. C'est donc entre ces deux heures et un point quelconque de ce trajet que je l'ai égaré. Vous me suivez ?

Je le suivais parfaitement. Il continua :

— *Primo*, les probabilités sont grandes, quoiqu'il ne s'agisse pas à proprement parler d'une certitude mathématique, pour que je ne me sois pas séparé de cet ustensile avant mon premier arrêt. *Secundo*, la chaussée du boulevard Raspail, que j'ai traversé à mon retour à 11 h 15, est en réfection ; or je n'ai pas noté alors la différence du sol à la pointe de mon parapluie. J'en déduis que je ne l'avais déjà plus. C'est donc entre ce point-ci que j'appellerai A et celui-là que j'appellerai B qu'il faut placer l'incident.

» Allô ! l'Office météorologique ?... Ici César Coupatout... Parfaitement, le détective. A quelle heure exactement a-t-il plu ce matin sur le centre de Paris ?... Ah ! non, soyez précis, s'il vous plaît... Entre 10 h 20 et 10 h 35. Je vous remercie.

Il se retourna vers moi, triomphant.

— Il a plu et je n'ai pas été mouillé. Vous me comprenez, n'est-ce pas ?

Il attrapa sa règle à calcul et je compris qu'il calculait sa vitesse moyenne de marche et le point probable où il se trouvait quand le grain était tombé.

— Je touche au but, annonça-t-il. C'est très exactement entre le coin de la rue Vaneau et le haut du boulevard Raspail que j'ai perdu mon parapluie. Mon équation est presque posée. Je vous en prie, ne faites aucun bruit : j'ai besoin de toute ma concentration.

Durant dix bonnes minutes, il écrivit sans discontinuer. Moi, je me tenais coi, rempli d'admiration pour ces résultats fulgurants. Et puis le téléphone sonna. César Coupatout eut un geste mécontent, décrocha, échangea quelques brèves phrases avec un correspondant inconnu et, s'adressant à moi :

— Mon ami Gaston m'annonce que mon parapluie est chez lui. Je le savais. Voyez plutôt.

Il me tendit une feuille sur laquelle l'encre était encore fraîche et je pus lire : *Mon parapluie se trouve dans l'antichambre de Gaston où je l'ai oublié ce matin à 10 h 57.*

— Et voilà ! fit modestement César Coupatout. Maintenant je vais m'occuper de ces bijoux. C'est simple, n'est-ce pas ?

C'était simple et admirable et je le dis sans ambages. D'aucuns objecteront que César eût plus vit fait de téléphoner tout de suite à son ami Gaston qui était la seule personne qu'il fût allé voir, mais ceux-ci ne comprendront jamais rien aux beautés de la science pure.

Paul COGAN.

Une affaire d'identité

Sherlock Holmes me tendit une tabatière de vieil or ; au centre du couvercle s'étalait une grosse améthyste. Cette splendeur contrastait tellement avec la simplicité de ses goûts que je ne pus m'empêcher de m'en étonner.

— Ah ! me dit-il. J'oubliais que je ne vous avais pas vu depuis plusieurs semaines : c'est un petit souvenir que m'a envoyé le roi de Bohême pour me remercier des services que je lui ai rendus à propos d'Irène Adler.

— Et cette bague ? demandai-je en désignant un brillant magnifique qui scintillait à son doigt.

— Elle m'a été donnée par la famille régnante de Hollande ; mais l'affaire qui m'a valu cette récompense était délicate, très délicate... Je ne pourrais la raconter, même à vous qui avez eu la gentillesse de relater pour la chronique quelques-uns de mes petits problèmes.

— En avez-vous un sur le chantier, en ce moment ? demandai-je avec curiosité.

— Une douzaine, mais sans intérêt. Ils sont importants, vous comprenez ? mais nullement intéressants. Savez-vous ce que j'ai découvert ? Eh bien, que c'est généralement dans les affaires peu importantes que l'observation peut le mieux se déployer, ainsi que cette vivacité dans l'analyse des causes et des effets qui donne à une enquête tout son piment. Les plus grands crimes sont les plus simples, car plus grand est le crime et mieux le mobile apparaît : c'est la règle. Parmi ces dix ou douze affaires sur le chantier, comme vous dites, en dehors d'une, assez embrouillée, qui m'a été soumise de Marseille, je ne vois rien qui présente de l'intérêt. Cependant il est possible que d'ici quelques minutes j'aie mieux à vous offrir, car ou je me trompe fort ou voici une cliente.

Il s'était levé de son fauteuil et était allé se poster derrière le store pour plonger son regard dans la rue morne et incolore. Penché par-dessus son épaule, j'aperçus sur le trottoir d'en face une jeune femme assez forte. Un lourd boa pendait à son cou. Elle était coiffée d'un chapeau à larges bords, piqué d'une grande plume rouge, qu'elle portait sur l'oreille, selon la mode qu'avait coquettement lancée la duchesse de Devonshire. A l'abri de ce dais imposant, elle risquait des coups d'œil hésitants, énervés, vers nos fenêtres. Son corps oscillait d'avant en arrière et d'arrière en avant. Ses doigts tripotaient les boutons de ses gants. Tout à coup, comme si elle se jetait à l'eau, elle traversa la rue en courant et un coup de sonnette retentit.

— J'ai déjà vu ce genre de symptômes, dit Holmes en lançant sa cigarette dans la cheminée. Oscillations sur le trottoir, cela signifie toujours affaire du cœur. Elle aimerait être conseillée, mais elle se demande si cette affaire n'est pas trop délicate pour être communiquée à quelqu'un. Et même à ce point nous pouvons opérer encore une discrimination : quand une femme a été gravement bafouée par un homme, elle n'oscille plus, le symptôme habituel est un cordon de sonnette cassé. Pour ce cas-ci, nous pouvons supposer qu'il s'agit d'une affaire d'amour, mais que la dame est moins en colère qu'embarrassée ou affligée.

On frappa à la porte, et le groom annonça Mlle Mary Sutherland. La visiteuse surgit derrière la petite silhouette noire, comme un navire marchand aux voiles gonflées derrière un minuscule bateau pilote. Sherlock Holmes l'accueillit avec l'aisance et la courtoisie qu'il savait pousser jusqu'au raffinement. Il referma la porte sur elle, lui indiqua un fauteuil et la regarda de cette façon minutieuse et pourtant abstraite qui n'appartient qu'à lui.

— Ne trouvez-vous pas, dit-il, qu'avec votre myopie c'est un petit peu pénible de taper tellement à la machine ?

— Oui, au début ; mais maintenant je tape sans regarder les touches.

Elle avait répondu sans réaliser la portée exacte des paroles de Sherlock Holmes. Mais à peine avait-elle fermé la bouche qu'elle sursauta : ses yeux se posèrent avec effroi et ahurissement sur mon ami.

— On vous a parlé de moi, monsieur Holmes ! Autrement, comment auriez-vous su cela ?

— Aucune importance ! dit Holmes en riant. C'est mon métier de connaître des tas de choses. Peut-être me suis-je entraîné à voir ce que d'autres ne voient pas... Sinon, d'ailleurs, pourquoi seriez-vous venue me consulter ?

— Je suis venue vous voir, monsieur, parce que Mme Etherge m'a parlé de vous. Vous vous rappelez ? Vous avez si facilement retrouvé son mari alors que tout le monde, police comprise, le donnait pour mort !... Oh ! monsieur Holmes, je voudrais que vous fassiez autant pour moi ! Je ne suis pas riche, mais je jouis en propre de cent livres par an, et je gagne un supplément en tapant à la machine. Je donnerais tout pour savoir ce qu'est devenu Hosmer Angel.

— Pourquoi êtes-vous partie avec une pareille précipitation ? demanda Sherlock Holmes.

Il avait rassemblé les extrémités de ses dix doigts et il contemplait le plafond.

L'étonnement bouleversa encore une fois les traits quelconques de Mlle Mary Sutherland.

— Oui, dit-elle. Effectivement je me suis précipitée hors de chez moi parce que j'étais furieuse de voir M. Windibank, mon père, prendre la chose aussi facilement. Il ne voulait pas avertir la police, il ne voulait pas aller vous voir ! Alors moi, finalement, comme il ne faisait rien et qu'il se bornait à m'affirmer qu'il n'y avait pas de mal, je me suis mise en colère, j'ai filé droit chez vous.

— Votre père ? observa Holmes. Votre beau-père, sans doute, puisque vous ne portez pas le même nom.

— Oui, mon beau-père. Je l'appelle père, bien que cela sonne bizarrement ; il n'a que cinq ans et deux mois de plus que moi.

— Et votre mère vit toujours ?

— Oh ! oui. Maman vit toujours, et elle se porte bien. Ça ne m'a pas fait plaisir, monsieur Holmes, quand elle s'est remariée si tôt après la mort de papa : surtout qu'il s'agissait d'un homme qui avait quinze ans de moins qu'elle. Papa était plombier à Tottenham Court Road ; il a laissé derrière lui une affaire en ordre. Maman l'a continuée avec son contremaître, M. Hardy. Mais il a suffi que M. Windibank survienne pour qu'elle vende son affaire ; il lui était très supérieur : c'est un courtier en vins ! Ils en ont tiré quatre mille sept cents livres pour la clientèle et pour le fonds : si papa avait vécu, il en aurait tiré bien davantage, lui !

Je m'attendais que Sherlock Holmes témoignât de l'impatience devant un récit aussi décousu, mais je le vis au contraire qui concentrait son attention au maximum.

— Votre petit revenu, demanda-t-il, vient-il de l'affaire ?

— Oh ! non, monsieur ! Il n'a rien à voir avec elle. C'est un héritage de mon oncle Ned, d'Auckland. Des valeurs de Nouvelle-Zélande, qui me rapportent 4,5 %. Le total faisait deux mille cinq cents livres, mais je touche juste l'intérêt.

— Cette histoire me passionne, dit Holmes. Voyons ! Cent livres bon an mal an vous parviennent ; de plus, vous gagnez un peu d'argent ; il vous arrive donc de faire des petits voyages et de vous offrir quelques fantaisies. Il me semble qu'une jeune fille seule peut très bien s'en tirer avec un revenu avoisinant soixante livres.

— Je pourrais me débrouiller encore avec beaucoup moins, monsieur Holmes ! Mais, aussi longtemps que je vivrai à la maison, je ne veux pas être à charge : aussi c'est eux qui encaissent. Bien sûr, cette convention n'est valable que tant que je resterai à la maison. Tous les trimestres, M. Windibank touche mes intérêts, les rapporte à maman. Moi, je me suffis avec ce que je gagne en tapant à la machine à écrire : à deux pence la page. Et je tape souvent de quinze à vingt pages par jour.

— Vous m'avez très bien décrit votre situation, dit Holmes. Mais vous pouvez parler devant le docteur Watson, qui est mon ami, aussi librement qu'à moi-même. S'il vous plaît, abordons à présent le chapitre de vos relations avec M. Hosmer Angel.

Mlle Mary Sutherland rosit légèrement ; ses

doigts s'agitèrent sur le bord de son chemisier ; tout de même, elle commença :

— Je l'ai rencontré la première fois au bal des employés du gaz. Ils avaient l'habitude d'envoyer des places à papa de son vivant ; ils se souvinrent de nous après sa mort, et ils les adressèrent à maman. M. Windibank ne tenait pas à ce que nous y allions. D'ailleurs, il ne tenait à ce que nous allions nulle part. Si j'avais voulu, par exemple, sortir avec mes camarades de l'école du dimanche, il serait devenu fou ! Mais cette fois j'étais décidée à aller au bal, et j'irais ! De quel droit m'en empêcherait-il ? Il prétendait que ce bal n'était pas fréquenté par des gens pour nous ; or tous les amis de papa y étaient. Il me dit aussi que je n'avais rien à me mettre, alors que j'avais ma robe de panne rouge que je n'avais pas encore étrennée. A la fin, comme je ne voulais pas changer d'avis, il partit pour la France en voyage d'affaires pour sa firme ; mais maman et moi, nous nous fîmes accompagner de M. Hardy, l'ancien contremaître de papa, et nous allâmes au bal : ce fut là que je rencontrai M. Hosmer Angel.

— Je pense, dit Holmes, que lorsque M. Windibank rentra de France il fut très fâché d'apprendre que vous étiez allée au bal.

— Oh ! il se montra très gentil ! Il rit, je m'en souviens, et il haussa les épaules. Il dit même que c'était bien inutile d'empêcher une femme de faire ce qui lui plaisait, car elle se débrouillait toujours.

— Bon. Donc, à ce bal des employés du gaz, vous avez rencontré un gentleman du nom de Hosmer Angel ?

— Oui, monsieur. Je l'ai rencontré ce soir-là ; le lendemain, il vint nous rendre visite pour savoir si nous étions bien rentrées ; après quoi nous l'avons revu deux fois et nous nous sommes promenés ensemble. Mais ensuite mon père est rentré, et M. Hosmer Angel ne pouvait plus revenir à la maison.

— Non ?

— Parce que, vous comprenez, mon père n'aimait pas beaucoup ces choses-là. S'il avait pu, il n'aurait jamais reçu de visiteurs. Il disait qu'une femme devait se contenter du cercle de famille. Mais, comme je l'ai dit souvent à maman, une femme voudrait bien commencer à le créer, son propre cercle ! Et moi, je n'avais pas encore commencé le mien.

— Et ce M. Hosmer Angel, n'a-t-il pas cherché à vous revoir ?

— Voilà : mon père devait repartir pour la France pendant une semaine. Hosmer m'écrivit qu'il serait plus raisonnable de ne pas nous voir avant son départ. Mais nous correspondions ; il m'écrivait chaque jour. C'était moi qui prenais les lettres le matin dans la boîte ; aussi mon père n'en savait rien.

— A cette époque, étiez-vous fiancée à ce gentleman ?

— Oh ! oui, monsieur Holmes ! Nous nous étions fiancés dès notre première promenade. Hosmer... M. Angel... était caissier dans un bureau de Leadenhall Street... et...

— Quel bureau ?

— Voilà le pire, monsieur Holmes : je ne le sais pas.

— Où habitait-il alors ?

— Il dormait là où il travaillait.

— Et vous ne savez pas son adresse ?

— Non. Sauf que c'était Leadenhall Street.

— Où adressiez-vous vos lettres ?

— Au bureau de poste de Leadenhall Street, poste restante. Il disait que si je lui écrivais au bureau tous les autres employés se moqueraient de lui. Alors je lui ai proposé de les taper à la machine, comme il faisait pour les siennes. Mais il n'a pas voulu : il disait que quand je les écrivais moi-même elles semblaient bien venir de moi, mais que si je les tapais à la machine il aurait l'impression que la machine à écrire se serait interposée entre nous deux. Ceci pour vous montrer, monsieur Holmes, combien il m'aimait et à quelles petites choses il songeait.

— Très suggestif ! opina Sherlock Holmes. J'ai toujours pris pour un axiome que les petites choses avaient une importance capitale. Vous ne pourriez pas vous rappeler encore d'autres petites choses sur M. Hosmer Angel ?

— C'était un garçon très timide, monsieur Holmes. Ainsi il préférait sortir avec moi le soir plutôt qu'en plein jour : il disait qu'il détestait faire des envieux. Il avait du tact et des bonnes manières. Jusqu'à sa voix qui était douce. Il avait eu des angines et les glandes engorgées dans son enfance, paraît-il, et ça lui avait laissé une gorge affaiblie : il parlait un peu en chuchotant, en hésitant... Toujours bien mis, très propre, et simplement... Il n'avait pas une bonne vue, lui non plus ; il portait des lunettes teintées pour se protéger les yeux.

— Bien. Et qu'arriva-t-il lorsque votre beau-père, M. Windibank, rentra de France ?

— M. Hosmer Angel était revenu à la maison et il m'avait proposé de nous marier avant le retour de mon père. Il était terriblement pressé et il me fit promettre, les mains posées sur la Bible, que quoi qu'il arrive je lui serais toujours fidèle.

Maman déclara qu'il avait raison de me faire promettre et que c'était une belle marque d'amour. Maman était pour lui depuis le début : elle en était même plus amoureuse que moi. Puis, quand ils envisagèrent notre mariage dans la semaine, je demandai comment mon père prendrait la chose. Ils répondirent tous deux que je n'avais pas à m'inquiéter de père, que je lui annoncerais mon mariage ensuite, et maman me dit qu'elle s'en arrangerait avec lui. Cela, monsieur Holmes, ne me plaisait pas beaucoup. Il semblait bizarre que j'eusse à lui demander l'autorisation puisqu'il était à peine plus âgé que moi. Mais je voulais agir au grand jour. Alors je lui écrivis à Bordeaux, où la société avait ses bureaux français ; mais la lettre me fut retournée le matin même de mon mariage.

— Il ne la reçut donc pas ?

— Non, monsieur. Il était reparti pour l'Angleterre juste avant l'arrivée de ma lettre à Bordeaux.

— Ah ! voilà qui n'est pas de chance ! Votre mariage était donc prévu pour le vendredi. A l'église ?

— Oui, monsieur, mais sans cérémonie. Il devait avoir lieu à Saint-Sauveur, près de King's Cross, et nous aurions eu ensuite un lunch à l'hôtel Saint-Pancrace. Hosmer vint nous chercher en cab ; mais, comme j'étais avec maman, il nous fit monter et sauta lui-même dans un fiacre à quatre roues qui semblait être le seul fiacre de la rue. Nous arrivâmes à l'église les premières ; quand le fiacre à quatre roues apparut, nous nous attendions à le voir descendre, mais personne ne bougeait, le cocher regarda à l'intérieur de la voiture : Hosmer n'y était plus ! Le cocher dit qu'il n'y comprenait rien, qu'il l'avait pourtant vu monter de ses propres yeux... Cela se passait vendredi dernier, monsieur

Holmes, et je n'ai eu depuis aucune nouvelle ; le mystère de sa disparition reste entier !

— Il me semble que vous avez été bien honteusement traitée ! dit Holmes.

— Oh ! non, monsieur ! Il était trop bon et trop honnête pour me laisser ainsi. Comment ! Toute la matinée il n'avait pas cessé de répéter que, quoi qu'il puisse arriver, je devais lui rester fidèle ; que même si un événement imprévu nous séparait je devais me souvenir toujours que nous étions engagés l'un à l'autre et que tôt ou tard il réclamerait ce gage... C'est peut-être une curieuse conversation pour un matin de noces ; mais les circonstances lui ont donné tout son sens !

— En effet, tout son sens ! Votre opinion est donc qu'il a été victime d'une catastrophe imprévue ?

— Oui, monsieur. Je crois qu'il prévoyait un danger ; sinon il ne m'aurait pas tenu ces propos. Et je pense que ce qu'il prévoyait s'est produit.

— Mais vous n'avez aucune idée de ce qu'il prévoyait ?

— Aucune.

— Encore une question. Comment votre mère prit-elle la chose ?

— Elle était furieuse. Elle me dit qu'il ne fallait plus que je m'avise de lui reparler de Hosmer.

— Et votre père ? L'avez-vous mis au courant ?

— Oui. Il pensa, comme moi, que quelque chose s'était produit, et il m'affirma que j'aurais sous peu des nouvelles de Hosmer. Ainsi qu'il me l'a dit : « Quel intérêt aurait un homme à te mener à la porte de l'église, puis à t'abandonner ? » D'autre part, s'il m'avait emprunté de l'argent ou si nous nous étions mariés et si j'avais mis mon argent sur son compte, ç'aurait pu être une raison. Mais

Hosmer et moi n'avons jamais parlé d'argent...
Pourtant, monsieur, qu'est-ce qui a pu se passer ?
Pourquoi ne m'a-t-il pas écrit ? Je deviens folle
quand j'y pense ! Et je ne peux plus fermer l'œil.

— Je vais prendre cette affaire en main, dit
Holmes en se mettant debout. Et je ne doute pas
que nous n'obtenions un résultat décisif. Ne faites
plus travailler votre cerveau : je me charge de tout.
Mais d'abord tâchez d'effacer M. Hosmer Angel
de votre mémoire, aussi complètement qu'il s'est
effacé de votre vie.

— Alors... Vous croyez que je ne le reverrai
plus ?

— Je crains que non.

— Mais qu'est-ce qui a pu lui arriver ?

— Je répondrai à cette question. J'aimerais
avoir une description exacte de lui et une des lettres qu'il vous a adressées.

— J'ai fait insérer une annonce sur lui dans le
Chronicle de samedi dernier, dit-elle. Voici la coupure et quatre lettres de lui.

— Merci. Votre adresse ?

— 31, Lyon Place, Camberwell.

— Vous n'avez jamais eu l'adresse de M. Angel,
m'avez-vous dit. Où travaille votre père ?

— Il voyage pour Westhouse et Marbank, les
grands importateurs de vins de Fenchurch Street.

— Merci. Votre déclaration a été très claire.
Laissez vos lettres et la coupure ici, et rappelez-
vous le conseil que je vous ai donné. Tout ceci
doit être comme un livre scellé que vous n'ouvrirez
plus jamais ; il ne faut pas que votre vie en soit
affectée.

— Je vous remercie, monsieur Holmes. Mais
c'est impossible : je dois avoir confiance en Hos-

mer. Quand il reviendra, il me trouvera prête à l'accueillir.

En dépit du chapeau absurde et du visage un peu niais, il y avait quelque chose de noble, dans cette fidélité de notre visiteuse, qui forçait le respect. Elle posa sur la table son petit tas de papier et s'en alla, après nous avoir promis qu'elle reviendrait à la première convocation.

Sherlock Holmes resta assis quelques instants, silencieux ; il avait de nouveau rassemblé les extrémités de ses dix doigts ; ses longues jambes s'étiraient devant lui, il regardait fixement le plafond. Puis il retira de son râtelier la bonne vieille pipe qui était un peu sa conseillère. Il l'alluma, s'enfonça dans son fauteuil, envoya en l'air de larges ronds de fumée bleue... Son visage s'assombrit sous une sorte de langueur.

— Très intéressante à étudier, cette jeune fille ! dit-il. Je l'ai trouvée plus intéressante que son petit problème qui est, soit dit en passant, assez banal. Vous trouverez un cas analogue si vous consultez mon répertoire à Andover en 1877, et un autre, presque le même, à La Hague l'an dernier. Pour aussi usée que soit l'idée, toutefois, il y a eu aujourd'hui un ou deux détails assez nouveaux pour moi. Mais la jeune fille elle-même m'a appris bien davantage.

— On dirait que vous avez lu sur elle des tas de choses qui sont demeurées pour moi tout à fait invisibles, hasardai-je.

— Pas invisibles : mais vous ne les avez pas remarquées, Watson. Vous ne savez pas regarder, c'est ce qui vous fait manquer l'essentiel. Je désespère de vous faire comprendre un jour l'importance des manches, ou ce que peut suggérer un ongle de pouce, voire un lacet de soulier. Qu'avez-vous déduit de l'allure de cette femme ? Décrivez-la-moi, d'abord.

— Voyons : elle avait un chapeau à larges bords, couleur gris ardoise, avec une plume rouge brique. Sa jaquette était noire, avec des perles noires cousues dessus, et bordée d'une parure noire comme du jais. Elle avait une robe brune, plus foncée que couleur café, avec une petite peluche pourpre au cou et aux manches. Ses gants étaient gris, usés à l'index droit. Je n'ai pas observé ses souliers. Elle porte des petites boucles d'oreilles en or. Elle est d'apparence aisée, quoique vulgaire, confortable.

Sherlock Holmes battit des mains et gloussa ironiquement.

— Ma parole, Watson, vous êtes en gros progrès ! En vérité, vous n'avez pas oublié grand-chose : sauf un détail d'importance, mais je vous félicite pour votre méthode, et vous avez l'œil juste pour la couleur. Ne vous fiez jamais à une impression générale, cher ami, mais concentrez-vous sur les détails. Mon premier regard, s'il s'agit d'une femme, est pour ses manches. S'il s'agit d'un homme, pour les genoux du pantalon. Vous l'avez remarqué, cette femme avait de la peluche sur ses manches, et la peluche est un élément très utile, car elle conserve des traces. Ainsi la double ligne un peu au-dessus du poignet, à l'endroit où la dactylo appuie contre la table. La machine à coudre, à la main, laisse une marque semblable, mais seulement sur le bras gauche et du côté le plus éloigné du pouce. Ensuite j'ai examiné son visage et j'ai constaté la trace d'un pince-nez ; j'ai aventuré une remarque sur sa myopie et sur la machine à écrire ; elle en a été fort étonnée.

— Moi aussi.

— Pourtant cette remarque allait de soi. J'ai ensuite été surpris, et intéressé, en faisant descendre mon regard vers les souliers : c'étaient d'étranges souliers ! Je ne dis pas qu'ils appartenaient à deux paires différentes ; mais l'un avait un bout rapporté à peine nettoyé, et l'autre propre. De ces souliers, qui étaient d'ailleurs des bottines, l'un était boutonné seulement par les deux boutons inférieurs, et l'autre aux premier, troisième et cinquième boutons. Eh bien, Watson, quand on voit une jeune dame, par ailleurs vêtue avec soin, sortir de chez elle dans un pareil désordre de chaussures, il n'est pas malin de penser qu'elle est partie en grande hâte.

— Et quoi encore ? demandai-je, vivement intéressé une fois de plus par la logique incisive de mon camarade.

— J'ai remarqué, en passant, qu'elle avait écrit une lettre ou une note avant de sortir, mais alors qu'elle était habillée. Vous avez observé que son gant droit était usé à l'index, mais vous n'avez pas vu qu'à la fois le gant et le doigt étaient légèrement tachés d'encre violette. Elle était pressée, et elle a enfoncé trop loin sa plume dans l'encrier. Cela ne doit pas remonter à plus tard qu'à ce matin ; autrement la trace n'aurait pas été aussi nette. Tout ceci est bien amusant ! Un peu élémentaire, sans doute... Mais il faut que je me mette au travail, Watson. Auriez-vous l'obligeance de me lire le texte de l'annonce qui donne la description de M. Hosmer Angel ?

J'approchai la petite coupure de la lampe, et je lus :

— Titre : « On recherche... » Voici le texte : « Un gentleman nommé Hosmer Angel a disparu depuis

le 14 au matin. Taille à peu près un mètre soixante-
dix : bien bâti, teint jaune, cheveux noirs, début
de calvitie au sommet, favoris noirs et moustache.
Lunettes teintées. Léger défaut de prononciation.
La dernière fois qu'il fut aperçu, portait une redingote noire bordée de soie, un gilet noir, une chaîne
de montre en or, des pantalons gris de tweed écos-
sais, des guêtres brunes sur des souliers à côtés
élastiques. A été employé dans un bureau de Leadenhall Street. Toute personne qui pourra contri-
buer... », etc.

— Cela suffit, dit Holmes. Passons aux lettres...
Elles sont d'une banalité ennuyeuse et ne nous
apprennent rien sur M. Angel, sauf qu'en une occasion il cite Balzac. Cependant voici un détail important qui vous frappera sans doute.

— Elles sont tapées à la machine à écrire...

— Certes ; mais la signature également est
tapée à la machine à écrire. Voyez ce net petit
« Hosmer Angel » au bas. Il y a bien la date, mais
pas l'adresse, sauf Leadenhall Street, ce qui est
assez vague. Ce détail de la signature est très suggestif ; je devrais dire : concluant !

— En quoi ?

— Mon cher ami, est-il possible que vous ne
discerniez point son importance ?

— Je ne saurais vous dire que je discerne quelque chose, sauf, peut-être, que ce monsieur voulait
se réserver la possibilité de renier sa signature
pour le cas où serait engagée une action judiciaire
pour rupture de contrat.

— Non, ce n'est pas cela. Tout de même je vais
écrire deux lettres qui devraient résoudre le problème : l'une à une firme de la City, l'autre au
beau-père de la jeune demoiselle, pour lui demander de nous rencontrer demain soir à six heures.

C'est beaucoup mieux d'avoir affaire à des hommes ! Et maintenant, docteur, nous ne pouvons rien faire avant d'avoir reçu une réponse à ces deux lettres ; d'ici là, rangeons ce petit problème dans un tiroir que nous fermerons à clef.

J'avais eu tellement de bonnes raisons de me fier à la subtilité du raisonnement de mon ami ainsi qu'à l'énergie de son activité que je sentis qu'il ne devait pas manquer de bases solides pour traiter avec cette sorte de désinvolture le singulier mystère qui lui avait été soumis. Je ne l'avais vu se tromper qu'une fois, dans l'affaire du roi de Bohême et de la photographie d'Irène Adler. Et si je me reportais aux péripéties du « Signe des quatre » ou de l'« Etude en rouge », je me disais qu'il n'existait pas au monde une énigme qu'il ne fût capable de déchiffrer.

Je le laissai donc en tête à tête avec sa pipe noire. J'avais la conviction que lorsque je reviendrais le lendemain soir je le trouverais tenant dans sa main les divers fils qui lui permettraient de découvrir le fiancé de Mlle Mary Sutherland.

Toute mon attention fut d'ailleurs requise par un cas médical d'une extrême gravité, et je passai presque toute la journée au chevet du malade. Je ne pus me libérer que quelques minutes avant six heures, mais je sautai dans un fiacre et me fis conduire à Baker Street. Je ne voulais pas manquer d'assister au dénouement de l'affaire. Sherlock Holmes était seul : il dormait à moitié, pelotonné au fond de son fauteuil. Une formidable armée de bouteilles et d'éprouvettes, parmi des relents d'acide chlorhydrique, m'apprit qu'il avait consacré sa journée à ses chères expériences chimiques.

— Eh bien, vous avez trouvé ? demandai-je en entrant.

— Oui. C'était le bisulfate de baryte.

— Non, non : la clef de l'énigme ?

— Ah ! l'énigme ? Je pensais au sel sur lequel j'ai travaillé. Mais il n'y a jamais eu d'énigme, mon cher ! bien que quelques détails m'aient intéressé, comme je vous le disais hier. Ce qui m'ennuie, c'est qu'aucune loi, je le crains, ne doit s'appliquer au coquin.

— Qui est-ce donc ? Et pourquoi a-t-il abandonné Mlle Sutherland ?

Ma phrase n'était pas terminée, et Holmes ouvrait déjà la bouche pour me répondre, que nous entendîmes un bruit dans le couloir ; quelqu'un frappa à la porte.

— Voilà le beau-père de la demoiselle, M. James Windibank, annonça Holmes. Il m'avait répondu qu'il serait là à six heures. Entrez !

Le visiteur était un homme robuste, de taille moyenne. Il paraissait trente ans. Sur son visage jaunâtre, ni moustache, ni barbe, ni favoris. Il avait l'allure doucereuse, insinuante. Ses yeux gris étaient magnifiques de vivacité et de pénétration. Il nous décocha à chacun un regard interrogateur, posa son chapeau sur le buffet, s'inclina légèrement et se laissa glisser sur la chaise la plus proche.

— Bonsoir, monsieur James Windibank, dit Holmes. Je suppose que cette lettre tapée à la machine, qui confirme notre rendez-vous pour six heures, est bien de vous ?

— Oui, monsieur. Je suis un peu en retard, mais je ne suis pas mon maître, n'est-ce pas ? Vous me voyez désolé que Mlle Sutherland vous ait ennuyé avec cette petite affaire ; il me semble en effet pré-

férable de ne pas étaler son linge sale en public.
C'est tout à fait contre ma volonté qu'elle est
venue ; mais elle a un naturel impulsif, émotif,
comme vous avez pu le remarquer, et il est difficile de la raisonner quand elle a pris une décision.
Bien sûr, je suis moins gêné que ce soit à vous
qu'elle se soit adressée, puisque vous n'avez rien
à voir avec la police officielle, mais je ne trouve
pas agréable que l'on fasse tant de bruit autour
d'un malheur de famille. Enfin, il s'agit là de frais
inutiles : car comment pourriez-vous retrouver cet
Hosmer Angel ?

— Au contraire, dit paisiblement Holmes. J'ai
toute raison de croire que je réussirai à découvrir
M. Hosmer Angel.

M. Windibank sursauta et laissa tomber ses
gants.

— Je suis ravi de cette nouvelle ! dit-il.

— C'est étonnant, fit Holmes, comme les machines à écrire possèdent leur individualité propre !
presque autant que l'écriture humaine. A moins
qu'elles ne soient tout à fait neuves, elles n'écrivent
jamais de la même façon. Certaines lettres sont
plus usées que d'autres, il y en a qui ne s'usent que
d'un côté... Tenez, dans votre lettre, monsieur
Windibank, sur tous les *e* on relève une petite
tache ; de même les *t* ont un léger défaut à leur
barre. J'ai compté quatorze autres caractéristiques ; ces deux-là sautent aux yeux.

— C'est sur cette machine qu'au bureau nous
faisons toute notre correspondance ; indiscutable-
ment, elle n'est plus en très bon état.

Tout en répondant, notre visiteur pesa sur Holmes de toute l'acuité de son regard.

— Et maintenant je vais vous montrer, monsieur
Windibank, une étude réellement très intéressante,

poursuivit Holmes. Je compte écrire bientôt une brève monographie sur la machine à écrire et son utilisation par les criminels. C'est un sujet auquel j'ai accordé quelques méditations. J'ai ici quatre lettres qui m'ont été présentées comme émanant du disparu. Elles sont toutes tapées à la machine. Chacune présente les petites taches sur les *e* et des barres en mauvais état sur les *t*. Si vous consentez à prendre ma loupe, je vous montrerai les quatorze autres caractéristiques auxquelles je faisais allusion tout à l'heure.

M. Windibank sauta de sa chaise et empoigna son couvre-chef.

— Je n'ai pas de temps à perdre pour une conversation aussi fantaisiste, monsieur Holmes ! dit-il. S'il est en votre pouvoir de rattraper l'homme, rattrapez-le : quand ce sera fait, vous me préviendrez.

— Certainement ! fit Holmes en se levant et en fermant la porte à double tour. Apprenez donc que je l'ai rattrapé...

— Comment ! Où ? cria M. Windibank, tout pâle et regardant autour de lui comme un rat pris au piège.

— Oh ! cela ne fait rien... Rien du tout ! dit Holmes non sans suavité. Il n'y a plus moyen de vous en tirer, monsieur Windibank. Tout était trop transparent et vous m'avez fait un mauvais compliment quand vous avez avancé qu'il me serait impossible de résoudre un problème aussi simple. Allons, asseyez-vous, et parlons !

Notre visiteur s'effondra dans un fauteuil. Il était blême et de la sueur perlait sur son front.

— La... La justice ne peut rien contre moi ! bégaya-t-il.

— J'en ai peur. Mais entre nous, Windibank, le tour que vous avez joué est abominablement mesquin, cruel et égoïste... Je vais retracer le cours des événements et vous me corrigerez si je me trompe.

L'homme était blotti dans son fauteuil, avec la tête rentrée dans la poitrine. Littéralement aplati ! Holmes cala ses pieds contre le coin de la cheminée et, s'appuyant en arrière avec les deux mains dans les poches, commença à parler. J'avais l'impression qu'il se parlait à lui-même, plutôt qu'à nous.

— L'homme a épousé pour de l'argent une femme beaucoup plus âgée que lui, dit-il. Et il a joui de l'argent de la fille qui vivait avec eux. Cela faisait une somme considérable pour des gens dans leur situation ; s'ils la perdaient, la différence serait d'importance ; un effort méritait donc d'être tenté. La fille possédait un tempérament naturellement bon et aimable ; mais elle était sensible et elle avait, à sa manière, le cœur chaud. De toute évidence, en tenant compte de son attrait personnel et de sa petite fortune, il fallait s'attendre qu'elle ne demeurât point longtemps célibataire. Or son mariage représentait, aux yeux de son beau-père, la perte de cent livres par an. Que fit ledit beau-père pour l'empêcher de se marier ? Il commença, c'est la règle, par lui interdire de sortir et d'aller avec des garçons de son âge. Il ne tarda pas à découvrir que cette interdiction ne serait pas éternellement valable : elle se rebella, fit valoir ses droits, et finalement annonça son intention de se rendre à un certain bal. Quelle idée germa alors dans l'esprit fertile du beau-père ? Oh ! il est plus logique de le porter au crédit de sa tête que de son cœur ! Avec la complicité et l'aide de sa femme, il se déguisa : il masqua ses yeux vifs derrière des

lunettes teintées, il se para de favoris postiches ;
il mua cette voix claire en un chuchotement dou-
cereux et, profitant de la myopie de sa belle-fille,
il apparut sous les traits de M. Hosmer Angel :
ainsi éloignait-il les amoureux en jouant lui-même
l'amoureux passionné.

— Au début, il ne s'agissait que d'une farce !
gémit notre visiteur. Nous n'avions jamais pensé
qu'elle s'enflammerait aussi facilement.

— Peut-être. Quoi qu'il en soit, la jeune fille s'est
enflammée : comme elle croyait son beau-père en
France, l'idée d'une supercherie n'effleura jamais
son esprit. Elle était flattée par les attentions du
gentleman, et cette sorte de vanité qu'elle en tirait
était encore renforcée par l'admiration hautement
laudative de la mère. M. Hosmer Angel dut alors se
déclarer : l'affaire pouvait aller aussi loin qu'il le
souhaitait. Il y eut des rencontres, des fiançailles :
si bien que toute la capacité affective et amoureuse
de la jeune fille se trouvait concentrée sur ce faux
objet de tendresse. La tromperie ne pouvait cependant se prolonger indéfiniment. Que restait-il à
faire ? Rien d'autre que de brusquer la conclusion
de l'affaire d'une manière si dramatique que la
jeune fille en demeurerait profondément impres-
sionnée, assez du moins pour écarter à l'avenir
tous les soupirants possibles. D'où ce serment de
fidélité prêté sur la Bible ; d'où, également, ces
allusions à une éventualité quelconque le matin
même des noces. James Windibank tenait à ce que
Mlle Mary Sutherland fût si amoureuse de Hosmer
Angel, et si incertaine quant à son sort, que pendant les dix prochaines années elle n'écoutât point
d'autre homme. Il la mena jusqu'à la porte de
l'église ; là, comme il ne pouvait pas aller plus

loin, il s'évanouit... C'est un vieux truc de se glisser hors d'un fiacre par la porte opposée à celle par laquelle on est entré ! Me suis-je trompé sur le cours et l'enchaînement des circonstances, monsieur Windibank ?

Notre visiteur avait repris un peu d'assurance pendant le monologue de Holmes. Il se leva : son pâle visage ricanait.

— Vous ne vous êtes peut-être pas trompé, monsieur Holmes, dit-il. Mais, puisque vous êtes si malin, vous devriez savoir que si quelqu'un est en contravention avec la loi, à présent, c'est vous et non moi. Depuis le début, je n'ai rien commis qui intéresse la justice. Mais vous, aussi longtemps que vous tiendrez cette porte fermée à clef, vous tombez sous le coup d'une plainte pour violence et séquestration arbitraires.

— Comme vous dites, vous n'êtes pas en contravention avec la loi, dit Holmes en ouvrant la porte tout grand. Et cependant vous méritez la punition la plus cruelle : si la jeune fille avait un frère ou un ami, vous seriez châtié à coups de fouet !...

Comme le ricanement de l'homme s'accentuait, Sherlock Holmes rougit de colère.

— Cela ne fait pas partie des services que je rends à mes clients, mais voici un joli stick de chasse, et vous allez en goûter...

Il saisit son stick, mais, avant qu'il eût le temps de l'empoigner, il entendit une dégringolade dans l'escalier : la lourde porte de l'entrée claqua ; de la fenêtre, nous aperçûmes M. James Windibank qui dévalait la rue à toutes jambes.

— C'est un coquin à sang froid ! proclama Holmes.

Il éclata de rire et se jeta dans son fauteuil.

— Ce type, déclara-t-il, ira loin : de crime en

crime jusqu'à ce qu'il finisse à la potence ! C'est pourquoi cette affaire n'était pas tout à fait dénuée d'intérêt.

— Tout de même, dis-je, je n'ai pas suivi parfaitement la marche de vos déductions.

— Allons ! Depuis le début il était clair que ce M. Hosmer Angel avait une bonne raison pour se comporter aussi bizarrement. Clair également que le seul qui eût profité des événements était le beau-père. Or jamais les deux hommes ne se sont trouvés ensemble. Il y en avait un qui apparaissait quand l'autre disparaissait : c'était déjà une indication ! Et puis les lunettes teintées, la voix particulière : deux maquillages, comme les favoris... Mes soupçons furent confirmés par la signature tapée à la machine : il s'agissait de cacher une écriture, trop familière pour que la jeune fille ne la reconnût point à quelque signe. Tous ces détails isolés, rassemblés et combinés à d'autres moins évidents, me conduisaient dans une seule et même direction.

— Et comment les avez-vous vérifiés ?

— Ayant détecté mon homme, rien n'était plus facile que de réunir des preuves. Je connaissais la société pour qui il travaillait. Je possédais son portrait, paru dans un journal. Je commençai par éliminer tout ce qui pouvait être le produit d'un déguisement : les favoris, les lunettes, la voix. Je l'envoyai à la société, en demandant qu'elle ait l'obligeance de m'avertir si ce signalement correspondait à l'un de ses représentants. Déjà j'avais relevé les particularités de la machine à écrire, et j'écrivis à mon bonhomme une lettre adressée à sa société, le priant de passer me voir. Comme je m'y attendais, il me répondit par une lettre tapée à la machine à écrire, et cette lettre présentait les défauts caractéristiques que j'avais relevés sur les autres. Le même courrier m'apporta une lettre de Westhouse et Marbank, de Fenchurch Street, qui me confirmait que la description que j'avais faite répondait trait pour trait à celle de leur représentant, James Windibank. Voilà tout !

— Et Mlle Sutherland ?

— Si je lui dis la vérité, elle ne me croira pas. Vous rappelez-vous le vieux proverbe persan : « Il risque gros, celui qui arrache à une tigresse son petit ! mais celui qui ôte à une femme ses illusions risque davantage » ? Dans Hafiz, il y a autant de sagesse que dans Horace et une connaissance des humains aussi profonde !

Conan DOYLE.

Le commissaire joue le favori

Le commissaire principal Gracieux n'attendait plus grand-chose de sa journée. Il s'activait aux besognes routinières de son service quand le téléphone sonna. La conversation qu'il eut avec son invisible correspondant dura peu de temps, mais la conclusion en fut la convocation immédiate de son adjoint, l'inspecteur Pront. Quand celui-ci se présenta à la porte, le commissaire entra aussitôt dans le vif du sujet :

— Prenez deux agents et un chauffeur, Pront, je vous emmène.

— On va faire un tour, patron ? interrogea l'adjoint.

— Tout juste, on va aux courses.

— C'est une blague ?

— Je ne crois pas, ça m'a l'air d'être un assassinat. On a tué un cheval... Bon, je passe chez le chef et je vous retrouve dans la cour.

— Vous avez des détails, commissaire ?

— Fort peu de chose : *Sarabande*, engagé dans le Prix des Gobelins, arrivé sixième, est mort après avoir passé le poteau d'arrivée. On nous attend.

— Eh bien, c'est pas lourd, ponctua l'adjoint.

— Allons, mon vieux, pas de défaitisme, nous avons déjà commencé avec moins que ça... Dites-moi, Pront, vous vous y connaissez en courses ?

— Comme ça, un petit tiercé de temps en temps... Disons que je me tiens au courant.

— Ça vous dit quelque chose, *Sarabande* ?

— Écurie Gosselin, casaque orange et mauve, manches et toque noires ; quatrième du Jockey-Club ; j'ai l'impression qu'il était préparé pour le Prix de l'Arc de Triomphe. C'est un bon cheval.

— C'était un bon cheval, déclara gravement le commissaire en mettant fin à la conversation.

La voiture emporta rapidement les représentants de la police vers l'hippodrome où s'était produit le grave incident que nous venons de relater. La réunion était terminée et le public avait déserté les enceintes de la pelouse et du pesage pour regagner la capitale. Seuls les protagonistes du drame étaient présents.

Le gardien de l'hippodrome entraîna le commissaire Gracieux et son adjoint vers l'enceinte réservée aux propriétaires et aux entraîneurs. Le commissaire jeta un ordre bref :

— Plus personne ne quitte le champ de courses sans mon autorisation.

L'agent de police qui était resté près des deux hommes s'éloigna pour passer la consigne tandis que le commissaire faisait son entrée aux « balances », pièce étrange où les petits hommes bariolés que sont les jockeys sont pesés, avant et après chaque course, avec leur harnachement. Près d'une balance d'un modèle géant, l'un d'eux, homme aux jambes arquées et nerveuses, portait encore la culotte de cheval en nylon blanc, les bottes ultra-souples et la casaque orange et mauve du propriétaire de *Sarabande*. Gracieux s'approcha du jockey, qui l'interpella aussitôt :

— Vous êtes l'inspecteur ? Vous venez pour l'enquête ?

— Commissaire principal Gracieux... Vous êtes... monsieur ?

— Max Lerica, le jockey de *Sarabande.*

— Très bien, enchaîna le commissaire, pouvez-vous me rappeler comment s'est déroulée la course ?

— Vous connaissez les termes du métier, commissaire ?

— Disons que je suis capable de m'en tirer.

— Eh bien, après le dernier tournant, je suis venu en pleine piste avec mon cheval, j'ai fait trois cents mètres aux bras et nous nous sommes retrouvés quatre de front. Nous avons commencé à cravacher tous ensemble et, au moment où je passais tout le monde pour gagner facilement, le cheval n'a plus voulu avancer. Je n'ai pas insisté, j'ai fini en roue libre et j'ai dû terminer sixième, pas très loin du gagnant.

— C'est tout ? insista le commissaire.

— Non, le cheval s'est croisé les genoux tout de suite après le poteau et il m'a déposé... J'ai fait un magnifique soleil en tombant, mais heureusement : plus de peur que de mal.

Le commissaire poursuivit l'interrogatoire :

— Avez-vous remarqué quelque chose d'anormal dans l'état du cheval avant la course ?

— Non, rien, *Sarabande* était un cheval froid, calme, long à se mettre en action... Je l'ai trouvé comme d'habitude.

— C'est bon, monsieur Lerica, je vous demanderai de ne pas quitter l'hippodrome avant la fin des interrogatoires.

Le jockey acquiesça et se retira de la salle des balances en allumant une cigarette. A cet instant précis, l'inspecteur Pront entra, accompagné de deux personnes qu'il dirigea vers le commissaire Gracieux.

— Mme de Grandmaison, commissaire principal Gracieux, présenta-t-il. M. Fromenti, entraîneur.

— Puis-je vous demander, madame, à quel titre vous vous trouvez ici à cette heure ?

— Mais, commissaire, répondit Mme de Grandmaison, mon cheval est mort.

— Je croyais savoir, d'après mon adjoint, que le propriétaire de *Sarabande* s'appelait Gosselin...

— M. Gosselin n'est plus propriétaire de *Sarabande* depuis hier soir...

Fromenti, l'entraîneur, prit la parole :

— En effet, monsieur le commissaire, l'acte de vente a été dressé hier et l'annonce du changement de propriétaire a été faite avant la course.

— Qui était au courant de ce changement ?

— Mais tout le champ de courses... et, en dehors de cela, sans doute le jockey et le garçon d'écurie, car M. Gosselin et Mme de Grandmaison ont l'un et l'autre des chevaux à l'entraînement chez moi.

— Pourquoi M. Gosselin s'est-il séparé de ce cheval ?... Je m'étais laissé dire qu'il comptait gagner l'Arc de Triomphe avec lui.

— Simple lubie de propriétaire, sans doute, coupa Mme de Grandmaison. Et puis je l'ai payé suffisamment cher !

— Vous êtes assurée, madame ?

— Bien sûr.

Le commissaire Gracieux se tourna vers l'entraîneur :

— Quels ordres avez-vous donnés à votre jockey avant la course ?

— Eh bien, je lui ai dit de suivre le train jusqu'au dernier tournant ; ensuite il devait venir à l'extérieur en demandant un effort progressif au cheval... afin d'éviter les tassages à la corde... Voyez-vous, commissaire, quand on demande à un cheval froid de faire une course d'attente, il est parfois imprudent de vouloir gagner en finissant le long de la lice...

— Est-ce que votre jockey, Max Lerica, a suivi ces ordres ?

— Scrupuleusement.

Le commissaire Gracieux avait l'impression d'évoluer dans un monde étranger. Il suivait difficilement ce jargon hippique et il sentit que la présence d'un spécialiste lui devenait indispensable. Le vétérinaire de service sur le champ de courses s'était déjà livré, sur le cheval, aux premières constatations. Gracieux le fit mander et, quand l'inspecteur Pront lui annonça que M. Gabillat, le vétérinaire, était à sa disposition dans le vestiaire des jockeys, le commissaire quitta la salle des balances :

— Pront, faites patienter les personnes qui sont là.

— Entendu, commissaire.

Le docteur Gabillat était un homme de taille moyenne, au teint rosé et aux cheveux blonds bouclés ; ses yeux bleus avaient un regard franc. Gracieux le trouva sympathique.

— Docteur, j'ai besoin de vos lumières, commença-t-il.

— A votre entière disposition... D'après mes premières constatations, l'acte criminel ne fait aucun doute.

— Je vous demanderai de bien vouloir préciser.

— J'ai examiné très sérieusement le cheval après la course : on lui avait administré une dose de produit dopant... J'ai opéré un prélèvement de salive uniquement pour avoir confirmation ; l'œil de l'animal présentait un rétrécissement caractéristique de l'iris.

— Vous êtes formel, docteur ?

— Je ne suis que vétérinaire, mais je puis affirmer à soixante pour cent.

— Comment a été administré le dopant ?

— Il y a deux possibilités, enchaîna M. Gabillat : soit par piqûre avec effet retardé, ce qui donnerait à conclure que le cheval n'a pas été piqué au champ de courses, ou bien une ampoule sur du sucre, sur une carotte...

— Dans la seconde hypothèse, le coupable se trouvait sur l'hippodrome. Comment savoir ? Le jockey de *Sarabande* ne s'est aperçu de rien... Et si l'entraîneur avait remarqué quelque chose d'anormal il n'aurait quand même pas laissé courir le cheval !...

— A moins qu'il n'ait eu une bonne raison pour le faire, insinua le vétérinaire. Eh bien, commissaire, si vous n'avez plus besoin de moi...

Le commissaire Gracieux laissa s'éloigner le vétérinaire et essaya de classer mentalement les informations qu'il venait de recueillir sur la mort de *Sarabande*. Il fut interrompu dans ses pensées par l'entrée de Pront que suivait un homme grand, aux cheveux blancs soigneusement ondulés.

— Puis-je faire entrer M. Gosselin, commissaire ?

Gracieux acquiesça.

— Monsieur le commissaire, commença M. Gosselin, encore que cette pénible affaire ne me concerne pas, je souhaite que vous fassiez toute la lumière sur elle.

— Je m'y emploie, monsieur, rétorqua Gracieux... Mais j'ai besoin de quelques éléments de base, et tout d'abord puis-je vous demander pourquoi vous vous êtes décidé à vendre *Sarabande,* alors que vous fondiez sur lui les plus sérieux espoirs ?

— Je n'ai aucune raison de vous le cacher. Je possède une soixantaine de chevaux, monsieur le commissaire ; tous sont d'admirables sujets pouvant prétendre à défendre honorablement mes couleurs dans les « classiques ». J'ai adopté cette politique depuis trente ans et je m'y suis tenu. Il se trouve que *Sarabande,* après sa performance dans le Jockey-Club, avait gardé sa forme intacte jusqu'à il y a quelques semaines. Fromenti l'avait engagé dans certaines épreuves intermédiaires, mais le comportement du cheval s'est mis à changer. Apparemment il restait en parfaite santé, mais ses chronomètres, à l'entraînement, devenaient de plus en plus médiocres. C'est à la suite de ces performances contradictoires que j'ai décidé de m'en séparer. Entendons-nous, monsieur le commissaire, s'il n'était plus capable de gagner des courses classiques, en revanche mon cheval était en mesure de gagner de l'argent et, comme on dit dans le métier, de payer largement son avoine... Sans l'accident d'aujourd'hui, *Sarabande* était un gagnant sûr dans le Prix des Gobelins et Mme de Grandmaison aurait touché les quarante mille francs de prix représentant l'allocation de cette épreuve.

— Je comprends, monsieur Gosselin, enchaîna le commissaire Gracieux... J'ai remarqué cependant, quand vous avez évoqué la performance de *Sarabande* dans le Jockey-Club, que vous montriez quelques réticences... Avez-vous omis de me dire quelque chose qui pourrait éclairer mon enquête ?

— A vrai dire, reprit M. Gosselin, *Sarabande* aurait pu..., aurait dû gagner le Jockey-Club. J'avais

263

demandé à Max, son jockey habituel, de ne pas le lancer trop tôt, car *Sarabande* était un cheval long à mettre en action ; sa pointe de vitesse stupéfiante était le meilleur atout dans une course menée souvent vivement. Mon cheval aborda donc avant-dernier la ligne droite de Chantilly et Max lui demanda tout de suite un effort violent : *Sarabande* passa en tête devant les tribunes et fut remonté et dépassé dans les dernières foulées. Je tiens donc mon jockey pour responsable de cet échec. Il devait attendre... mais c'est le plus difficile, commissaire, de savoir attendre.

— Vous avez dû être très déçu.

— Je ne suis jamais déçu, reprit Gosselin assez sèchement ; si je devais l'être une seule fois, je renoncerais immédiatement à mon écurie. Les courses sont un spectacle de toute beauté et croyez bien que pas un propriétaire n'en fait une histoire d'argent. Contrairement à ce qu'on pense généralement, nous ne gagnons pas d'argent avec nos écuries.

Le commissaire Gracieux remercia M. Gosselin et lui demanda de ne pas s'éloigner. Avant de quitter le vestiaire des jockeys, celui-ci conseilla au commissaire de jouer *Flying Lord* dans la course qui aurait lieu le dimanche suivant. Le commissaire Gracieux pensa fort justement qu'il ne lui restait plus qu'à trouver les deux autres chevaux ; dans l'instant, il décida de se consacrer en priorité à l'enquête et à tous les problèmes qu'elle posait. Premier point, *Sarabande* avait été dopé ; il était mort après le passage du poteau d'arrivée. Question : qui avait commis cet acte ? Deuxième point, le cheval ayant changé brusquement de propriétaire la veille de la course, à qui profitait cet acte criminel ? Car Gracieux se refusait à croire qu'on avait pu agir gratuitement. Etait-ce le jockey ? il aurait pris de ce fait un bien grand risque, car les chutes de cheval, en course, sont souvent dangereuses. Etait-ce Mme de Grandmaison ? Etait-ce Fromenti, l'entraîneur ? Etait-ce un gardien d'écurie qui aurait été payé par quelqu'un d'autre ? Autant de questions qui, pour l'instant, restaient sans réponse. Gracieux abandonna ses réflexions et retourna dans la salle des balances. Il y trouva l'entraîneur en discussion avec son adjoint ; il l'aborda tout de suite :

— Qui a pu doper *Sarabande,* à votre avis ?

— J'avoue, commissaire, que je n'en ai aucune idée, rétorqua l'homme de cheval.

— Qui avait accès au box ?

— Ici ?

— Non, à votre centre d'entraînement.

— Mais... le lad du cheval, Max le jockey, le propriétaire et moi... D'ailleurs les chevaux connaissent bien M. Gosselin, il leur distribue un sucre tous les matins, c'est une habitude.

— Ah ! oui, du sucre ? insista Gracieux.

— Les chevaux adorent ça, commissaire.

— J'entends bien, monsieur Fromenti, et... pouvez-vous me dire si vous détenez chez vous des dopants ?

— Mais bien sûr !... Le doping est criminel, commissaire, mais il est parfois recommandé de stimuler la vitalité d'un cheval avec des produits réglementés, vendus en pharmacie sur ordonnance...

— Et où sont consignés vos produits ?

— Dans la pharmacie des écuries.

— C'est parfait. Je vous demanderai, monsieur Fromenti, d'être à mon bureau demain à neuf heures. J'aimerais que M. Gosselin soit présent également ; voulez-vous le lui dire ?

— Désolé, commissaire, c'est impossible.

Le commissaire Gracieux demeura interloqué. Fromenti enchaîna :

— Il ne s'agit pas d'un refus, mais l'entraînement doit être assuré tous les matins. C'est pourquoi M. Gosselin et moi ne pourrons nous trouver dans votre bureau qu'en fin de matinée... Il est très important que vous nous autorisiez à assurer le training des chevaux, car nous sommes responsables devant les autres propriétaires... Je ne voudrais pas qu'ils subissent les conséquences de cette affaire.

— C'est entendu, tout le monde dans mon bureau demain en fin de matinée, fit le commissaire en se tournant vers son adjoint. Voulez-vous prévenir Mme de Grandmaison et Max Lerica... Je verrai moi-même M. Gabillat et le gardien des écuries.

Avant de quitter l'hippodrome, Fromenti glissa à l'oreille du commissaire :

— Pour dimanche, mettez donc *Bossa Nova* dans votre tiercé, commissaire. C'est un coup sûr.

Le commissaire Gracieux regagna son domicile. Un peu de patience, et quelqu'un finirait bien par lui indiquer le troisième cheval du tiercé de dimanche !

Le lendemain, dans le triste bureau de l'inspecteur Pront, tout le monde attendait le commissaire Gracieux qui, dans le bureau d'à côté, essayait de faire le point du dossier *Sarabande*. La nuit ne lui avait guère apporté de lumière. Bien sûr, il ne possédait pas encore les détails de l'autopsie, mais que pouvait-il espérer d'une analyse plus complète ? Le fait était là : on avait dopé *Sara-bande*. Pourquoi ? Le commissaire Gracieux butait invariablement sur cette même question. Il fit entrer le garçon d'écurie : un vieux jockey ridé, à la trogne enluminée. Gracieux le fit asseoir et commença :

— Vous étiez de garde hier aux écuries du champ de courses, n'est-ce pas ?

— V'là vingt ans que je suis garçon d'écurie, commissaire, depuis que j'ai cessé de monter pour Boussac. J'étais jockey avant... Eh ! c'est bien diffi-cile de faire le poids quand on prend de l'âge !

— Bref, vous étiez présent quand *Sarabande* fut amené dans son box ?

— Sûr.

— Vous souvenez-vous des personnes qui ont approché le cheval avant le départ de la course ?

— Ben, Max est venu le voir et lui a donné un bout de carotte... Et Fromenti, l'entraîneur, est venu aussi; il a parlé au lad et... j' crois bien qu'il lui a donné aussi un bout de carotte.

— Et c'est tout ?

— Oh ! mais non, il y a aussi une dame qui est venue, c'est la nouvelle propriétaire... Elle a embrassé son cheval et lui a donné un sucre.

Le restant de l'interrogatoire n'apporta rien de plus précis au commissaire Gracieux. Il remercia le gardien et le fit raccompagner. L'inspecteur Pront en profita pour faire une apparition discrète dans le bureau de son chef.

— Patron, j'ai un tuyau pour vous.

— Je vous écoute.

— Un de nos informateurs m'a appris que Mme de Grandmaison avait parié cinq mille francs sur la chance de son cheval... En fait, ça élimine un suspect ; on ne joue pas cinq mille francs sur un cheval qu'on veut supprimer !

— Sans doute... Faites entrer M. Gabillat, je vous prie.

Le vétérinaire prit place dans le bureau et dévisagea le commissaire Gracieux d'un air grave. Celui-ci s'en aperçut et s'en inquiéta :

— Vous avez l'air bien sévère, docteur ; avez-vous appris quelque chose de nouveau ?

— Je le crois et vous pouvez compter sur mon témoignage en cas de besoin.

— Je vous écoute.

— *Sarabande* est mort d'une affection cardiaque foudroyante.

— Mais vous m'avez dit qu'il avait été drogué.

— Certes ; on a administré au cheval une dose très faible d'un tonique opiacé et cette manœuvre a bien eu lieu sur le champ de courses. Cependant, après examen et autopsie, j'ai découvert que la bête avait été soignée récemment et j'ai trouvé les traces d'un produit régularisant les mouvements vasculaires. Le cheval souffrait d'une affection très bénigne.

— Dites-moi comment le cheval est mort, docteur ?

— Le tonique a été administré peu de temps avant la course sur une carotte, du sucre ou une poignée de fourrage. Le produit a commencé à faire son effet quand le rythme cardiaque de l'animal s'est accentué au fur et à mesure qu'il a galopé ; dans la ligne droite, le jockey a cravaché, a demandé un effort supplémentaire, et l'inévitable est arrivé : le cœur a cédé et la bête a succombé. L'affection cardiaque a pris des proportions dramatiques sous l'effet du tonique.

— Pour nous résumer, docteur, la dose de produit tonique était inoffensive pour un cheval normal.

— Absolument.

— Vous venez de me rendre un grand service... J'aurai besoin de votre déposition.

Le commissaire Gracieux fit passer le docteur Gabillat dans un petit bureau où un officiel de police commença d'enregistrer sa déposition, puis, par le téléphone intérieur, il demanda à son adjoint de faire entrer dans son bureau MM. Gosselin, Fromenti et Lerica. Les trois hommes prirent place et le commissaire les dévisagea silencieusement. Après un long temps, il prit enfin la parole :

— L'un de vous trois, messieurs, a-t-il une communication à me faire ?

Fromenti se leva d'un bond :

— Commissaire, en rentrant au centre d'entraînement, hier soir, je suis allé vérifier le contenu de ma pharmacie...

— Et vous avez constaté la disparition d'une fiole contenant un tonique opiacé, coupa Gracieux.

— Comment le savez-vous ? fit l'entraîneur, surpris.

— Disons que l'enquête avance... Qui de vous, messieurs, a fait soigner *Sarabande* de l'affection cardiaque dont il souffrait ?

Un silence lourd et gênant régna sur le bureau. Gracieux continua :

— C'est très grave, monsieur Gosselin, de vendre un cheval malade.

Gosselin répondit brutalement, comme s'il venait d'être piqué par une guêpe :

— Sarabande était encore parfaitement capable de gagner des courses, je vous l'ai dit. Oui, nous étions au courant ; Fromenti s'était aperçu du comportement différent du cheval. Le vétérinaire attaché aux écuries avait examiné *Sarabande* et l'avait soigné.

— Mme de Grandmaison pourrait vous faire un procès.

— Qu'elle le fasse, coupa M. Gosselin. L'acte de vente comporte la signature du vétérinaire, j'ai vendu un cheval en bon état.

— Je vous crois, monsieur... Donc vous étiez tous les trois au courant ?

Les trois hommes donnèrent une réponse affirmative. Gracieux se leva, contourna son bureau et se dirigea jusqu'à la porte donnant sur le bureau de son adjoint. Il l'entrouvrit et appela Mme de Grandmaison :

— Voudriez-vous avoir l'amabilité de nous rejoindre, madame, je voudrais que vous soyez présente pour la conclusion de mon enquête.

— Vous avez trouvé, commissaire ? interrogea Mme de Grandmaison.

— Oui, madame.

— Le coupable va payer et cela me procure un certain plaisir.

— Je ne crois pas, madame, reprit Gracieux en hochant la tête. *Sarabande* est mort de sa belle mort, madame ; il était cardiaque.

Mme de Grandmaison resta immobile, frappée de stupeur.

— Cardiaque ? mon cheval ?

— Vous l'ignoriez, n'est-ce pas ?

— Mais bien sûr... C'est affreux...

— Oui, pour vous..., car c'est vous, madame, qui avez tué votre cheval ; par ignorance, je vous l'accorde, mais néanmoins...

— Comment osez-vous, monsieur le commissaire ! fit Mme de Grandmaison en haussant le ton. Vous voudriez prouver que j'ai tué mon propre cheval?? C'est ridicule !

— Pas tellement, madame. Vous n'êtes qu'une toute petite propriétaire ; quand vous avez appris que M. Gosselin était décidé à se séparer de *Sarabande,* vous avez compris que le cheval n'était pas le crack escompté par la prestigieuse écurie Gosselin, mais qu'il pourrait néanmoins vous permettre de gagner des courses de moindre importance comme le Prix des Gobelins, par exemple... Il vous était facile de dérober une petite fiole de tonique dans la pharmacie de votre entraîneur, M. Fromenti, et c'est ce que vous avez fait. Seulement vous n'êtes pas tout à fait honnête, madame... Alors que votre cheval pouvait gagner facilement le Prix des Gobelins, vous avez voulu assurer sa chance en lui faisant absorber sur un sucre un peu de tonique — car vous aviez misé cinq mille francs sur sa chance et votre avidité vous aura fait tout perdre. Vous seule ignoriez que *Sarabande* était cardiaque et vous l'avez tué... Vous avez perdu le Prix des Gobelins, vous avez perdu vos cinq mille francs, votre cheval, et... je crois bien que l'assurance ne vous remboursera pas. Il vous reste une possibilité : intenter un procès à M. Gosselin. Mais je ne vous le conseille pas, vous perdriez... Madame, messieurs, vous êtes libres...

— Je suis bien punie, commissaire ! avoua Mme de Grandmaison, toute pâle... Et je suis seule coupable, en effet...

Tous quittèrent le bureau du commissaire Gracieux. L'inspecteur Pront fit une apparition presque brutale dans le bureau de son chef :

— Patron, patron...

— Oui, que se passe-t-il ?

— Le garçon d'écurie... en partant... il m'a dit

de jouer *Mistigri* dimanche prochain... C'est une certitude.

— Ah ! oui, eh bien, Pront, vous allez me jouer *Mistigri*, *Flying Lord* et *Bossa Nova*. Je compte sur vous... Il paraît que c'est le tiercé de dimanche prochaine !

Philippe DERREZ et Serge PETROF.

Un étrange tunnel de lavage

Une grande surface. Des dizaines de magasins. Des milliers de voitures parquées au soleil de la Côte d'Azur.

Un tunnel de lavage comme tant d'autres. Et une file d'attente à l'entrée de cette station perfectionnée, capable d'avaler un véhicule toutes les quatre minutes.

Jules Jouannet, jeune retraité de cinquante-huit ans, soucieux de la propreté du sien, est au volant.

— Bonjour ! Un lavage, s'il vous plaît.

— Bonjour, monsieur. C'est douze francs. Je vais mettre du ruban adhésif sur votre antenne, vos baguettes chromées et votre rétroviseur. Desserrez votre frein à main, mettez au point mort, glissez votre jeton dans l'appareil et allez attendre votre voiture de l'autre côté du tunnel... Merci, monsieur. Au suivant !

Jules Jouannet suit ces recommandations. Par habitude, il laisse ses journaux et sa sacoche sur le siège avant du passager. En sortant, il jette un bref regard sur l'installation : les portiques d'arrosage, les balais et, plus loin à gauche, la cabine vitrée abritant un employé en combinaison jaune et calot vert assis devant un pupitre de commande.

« S'en fait pas, celui-là, constate-t-il. Il est au frais pendant que son collègue cuit au soleil ! »

D'un œil attendri, il regarde sa voiture s'éloigner et disparaître dans un brouillard d'eau savonneuse qui l'entoure de mousse. Puis, sans se presser, par une allée réservée aux conducteurs devenus piétons, il contourne le bâtiment afin de la récupérer à l'autre bout du tunnel.

« Tiens ! elle n'est pas encore là... Ah ! si, la voilà. »

Les battants de caoutchouc noir viennent enfin de s'ouvrir pour laisser apparaître l'objet de tant d'attention qui, d'un dernier élan, quitte les rouleaux vers la sortie.

Jules Jouannet ouvre la portière encore un peu humide et reprend possession du volant. Contact, démarrage, quelques mètres de dégagement à gauche pour enlever tranquillement les restes d'adhésif. Il s'assied et machinalement tâte à côté de lui afin de vérifier si sa sacoche est toujours là, sous les journaux.

Surprise ! Pas de sacoche.

— Ça alors ! murmure-t-il. Où est-elle donc passée ?

Il regarde sur les sièges arrière, sur le sol, rien. Un peu fébrile, il pense tout à coup qu'il a dû la laisser dans le coffre... Il sort, ouvre le coffre... Rien non plus.

Il essaie de se souvenir des gestes qu'il a faits avant de quitter sa voiture. Pas de doute, il a posé sa sacoche sous les journaux et les revues qu'il venait d'acheter.

Cette sacoche contient tous ses papiers, pas mal d'argent aussi, puisqu'il vient de toucher sa retraite trimestrielle !

Il s'affole. Il ne sait plus quoi penser.

« Je l'ai peut-être oubliée dans un des magasins », essaie-t-il de se convaincre.

Alors commence pour lui une course à rebours. Il refait, en sens inverse, le trajet qui l'a conduit à ce maudit tunnel.

∴

— Au suivant !

Même cérémonial à l'entrée : adhésif, point mort, frein à main desserré, prélavage...

Ce nouveau conducteur en bras de chemise, Alexandre Moutardeau, apprécie le brouillard qui éclabousse sa voiture. Il fait si chaud ! Sa veste est restée pliée sur le siège avant ; elle contient son portefeuille et ses papiers. Pas de problème, pense-t-il, puisque personne ne peut entrer pendant le lavage.

Il se glisse sur le côté pour mieux voir sa R 20 disparaître entre les immenses balais de plastique rouge, aspirée vers la fête de l'eau et du savon. Avant d'aller la rechercher, il regarde s'éloigner avec une sorte de fascination la voiture suivante. Il a le temps. Il échange même quelques mots avec son conducteur. Les deux hommes se découvrent une même passion pour les « bagnoles ».

L'enchantement est brusquement rompu par le silence des machines. Les balais de plastique rouge ont cessé leur valse sur place. Les portiques semblent paralysés. La voiture qui a disparu il y a quelques secondes apparaît au milieu du tunnel, immobile.

— Qu'est-ce qui se passe ?

L'eau aussi s'est arrêtée de couler, rien ne fonctionne plus. Seule la cabine centrale émerge sur le côté, avec l'employé qui semble ne s'être aperçu de rien.

Bizarre ! Cette attitude figée ne cadre pas avec l'arrêt brutal de la chaîne de lavage qui aurait dû le faire bondir.

De plus en plus intrigué, Moutardeau va jusqu'à la cabine, frappe au carreau ruisselant de buée. En se retournant, il aperçoit sa voiture stoppée en face : elle est étrangement sèche, mais il ne se souviendra de cette anomalie que plus tard.

Enervé, il pousse la porte métallique qui défend l'entrée de la cabine par un écriteau : *Entrée interdite. Service.*

En s'approchant du pupitre, il réalise que l'employé en jaune, assis et toujours impassible, le calot vert planté sur ses cheveux roux, n'est qu'un mannequin de cire !

Incroyable, ahurissant. Il est attaché par deux sangles qui le maintiennent droit sur son siège, ses mains gantées sont posées sur le pupitre couvert de plots multicolores. Il paraît plus vrai que nature.

Pourquoi tout ce cirque ?

Alexandre Moutardeau se souvient alors qu'il est policier. Son cerveau, après un moment de stupeur compréhensible, on en conviendra, retrouve l'habitude professionnelle du raisonnement, puis de l'action.

— Jamais vu un truc pareil ! murmura-t-il tout haut.

Son premier réflexe est de décrocher le téléphone placé dans un coin de la cabine. Son second réflexe, c'est de ne pas le faire.

278

Après tout, il est assez grand pour découvrir tout seul ce que cette mise en scène peut cacher. Puisque tout est arrêté et que les rideaux de fer ont été fermés, isolant le tunnel de la clientèle du dehors, s'il commençait à interroger le réceptionniste ?

Il retourne à l'entrée du tunnel.

— Dites donc, combien êtes-vous d'employés là-dedans ?

— Deux, monsieur : moi et le responsable, qui ouvre le matin et ferme le soir. Il est d'ailleurs dans sa cabine en ce moment pour trouver la panne.

— Eh bien, non, mon vieux, il n'y est pas... Venez avec moi !

Alex sort la carte de police qu'il conserve toujours dans la poche revolver de son pantalon :

— Commissaire Moutardeau.

Et il entraîne son compagnon vers sa voiture pour y récupérer sa veste.

La veste est toujours là, mais sans le portefeuille !

Alex ne perd pas de temps à le chercher ailleurs, il fonce à l'autre bout du tunnel, d'où un bruit suspect semble provenir. Mais là, personne, sauf ce fichu mannequin là-bas, dans la cabine.

Parvenu à l'entrée de celle-ci, il s'arrête net. Le mannequin s'est retourné et lui parle ! C'est de nouveau un type en chair et en os, avec sa combinaison jaune, son calot vert, ses cheveux roux. Copie conforme !

— N'avez pas vu l'écriteau ? Entrée interdite !

« Gonflé, le gars », songe Alex qui cherche du regard l'autre, le mannequin disparu.

— Police. Suffit comme ça, votre cinéma.

— Mais, monsieur, dit l'employé qui feint la surprise, je cherche d'où vient la panne.

De violents coups de poing résonnent alors sur le rideau de fer de l'entrée.

— C'est fermé, rugit Alex en s'adressant au réceptionniste. Allez dire à ces clients têtus que pour aujourd'hui c'est cuit... Et puis, non, j'y vais moi-même. En attendant, vous, là, dans la cage, ne bougez pas.

Pour plus de précaution, il ferme la porte à clef derrière lui.

L' « homme adhésif » sur les talons, il aboie quelques explications à l'encontre des obstinés du dehors et rentre aussitôt dans le tunnel. Son aller-retour n'a pas duré plus de trois à quatre minutes. Et que trouve-t-il ? La porte de la cabine grande ouverte et l'oiseau envolé ! Il devait posséder une seconde clef.

Cette fois, Alex appelle son P.C. pour qu'on lui envoie ses deux adjoints.

Il s'assied devant le pupitre pour se mettre en condition lorsque des coups furieux secouent à nouveau le rideau de fer.

— Ça doit être mes archers, plaisante Moutardeau. Allez leur ouvrir, jeune homme. Merci.

— Ah ! c'est pas trop tôt. Où est votre chef ?

Une bourrasque vient de surgir sous la forme d'un brave homme gesticulant qui attrape Alex par sa cravate :

— Vous avez fermé ! La recette est suffisante, sans doute ? C'est votre problème. Moi, tout ce que je veux, c'est que vous me rendiez ma sacoche avec ce qu'il y avait dedans, sinon j'appelle la police !

— La police, c'est moi. Calmez-vous, monsieur.

Alex a pu se dégager de l'étreinte du bonhomme. Il l'emmène vers la cabine vitrée, où il lui raconte la scène dont il a été témoin et acteur quelques instants auparavant.

Jules Jouannet lui narre également la sienne.

∴

Les deux « archers du roi » arrivèrent, investirent la place après quelques explications des uns et des autres.

— Le mieux, lança Alex, c'est de remettre en route tout le système de lavage pour essayer de comprendre la technique du voleur... Dites donc, vous, le réceptioniste, au fait, comment vous appelez-vous ?

— Gilles Barrier. Je vous dis tout de suite que je ne connais presque pas le gars qui commande ici, car je ne suis qu'employé temporaire — un étudiant qui se fait de l'argent de poche pendant l'été.

— Bon. Savez-vous mettre en marche la chaîne de lavage ?

— Oui. Il m'est arrivé d'aider au démarrage, le matin.

Alex se familiarisa très vite avec le tableau de bord, en faisant jouer prudemment les différents plots.

Progressivement, tous les rouleaux et balais de plastique s'animèrent. La voiture d'Alex termina sa course et fut récupérée par un policier à la sortie.

Alex essayait de comprendre de quelle façon l'employé pouvait agir en si peu de temps. Et pourquoi ce mannequin ? En manipulant les différentes manettes, il s'aperçut qu'il contrôlait instantanément les débits d'eau dans le tunnel. Cela permettait, entre autres, d'isoler le véhicule qui se trouvait là du regard de son propriétaire, un fort débit d'eau faisant totalement écran.

Il recommença plusieurs fois l'opération. Il en conclut qu'entre l'entrée et la sortie la voiture était entièrement cachée.

C'était donc forcément à ce moment-là que l'employé indélicat pénétrait dans les véhicules, immobilisés, pour voler l'argent des portefeuilles et des sacoches abandonnés par les clients trop confiants.

« Mais, se demanda Alex, si les portiques continuent d'asperger les voitures, celles-ci doivent être mouillées à l'intérieur lorsque le gars ouvre la portière, et lui aussi doit être trempé. A moins que... »

Il eut un petit rire. Il venait de trouver la solution, comme ça, en jouant avec le clavier ! Enfin il pensait avoir trouvé, car cela paraissait presque trop simple...

Il distribua aussitôt les rôles pour la reconstitution :

— Marceau (un de ses adjoints), prenez ma voiture, amenez-la devant l'entrée, à la prise par les rouleaux ; on va faire une expérience.

Puis, s'adressant à Barrier :

— Ouvrez le rideau de fer et restez près de moi, au cas où j'aurais besoin de vous... Jacques (son autre adjoint), mettez-vous à la place du mannequin et ne bougez plus.

— O.K., patron. C'est parti !

La voiture-test est entraînée vers les balais, après avoir subi un arrosage, et disparaît dans le tunnel.

Tandis que le rideau de pluie, de même que les balais, poursuivent leur besogne, la voiture continue son parcours. Alex arrête alors la chaîne de façon que la voiture soit stoppée juste en face de la cabine ; le rinçage cesse et deux puissantes souffleries situées juste après la cabine entrent en action, séchant en quelques secondes la portière avant gauche. Celle-ci pourra donc être ouverte et refermée sans qu'une seule goutte d'eau tombe sur le siège.

Deux boutons dissimulés sur le côté droit du pupitre commandent ces manœuvres ultra-rapides...

Le commissaire Moutardeau venait de découvrir le système :

a. Le voleur se planquait contre la cabine, invisible aux conducteurs restés dehors, le mannequin faisant foi de la présence d'un employé de surveillance.

b. Par un portillon vitré, il passait son bras et appuyait sur ces deux boutons lorsque la voiture entrait dans la zone sensible. Arrêt, séchage ultra-rapide, ouverture de la portière, rapt des portefeuilles, qui disparaissaient dans un sac de toile fourré en vitesse dans un placard faisant suite à la cabine.

c. La voiture reprenait son parcours, de nouveau arrosée puis séchée avant sa sortie.

Terminé. Ni vu ni connu.

Sauf en cas de panne générale !...

Après une surveillance discrète mais vigilante de tous les tunnels de lavage de la région, on mit la main sur le petit malin qui n'avait pu s'empêcher de recommencer ailleurs ! Il confirma point par point ce que le commissaire Moutardeau avait démontré.

N'allez pourtant pas croire que cette aventure policière puisse se passer dans la réalité !

Mais, par sécurité, prenez tout de même le soin d'emporter avec vous votre sacoche ou votre portefeuille lorsque vous ferez laver votre voiture. Les sociétés propriétaires des chaînes de lavage vous en sauront gré.

Pierre-Emile d'ORGIGNÉ.

Achevé d'imprimer
sur les Presses Bretoliennes
27160 Breteuil-sur-Iton

Dépôt légal : août 1989. — N° d'édition : 5792
N° d'impression : 854